멈추지 않는 도전이
인생을 빛나게 한다!

# 멈추지 않는 도전이 인생을 빛나게 한다!

| | | | |
|---|---|---|---|
| 발행일 | 2025년 4월 1일 | | |
| 지은이 | 김성태 | | |
| 펴낸이 | 손형국 | | |
| 펴낸곳 | (주)북랩 | | |
| 편집인 | 선일영 | 편집 | 김현아, 배진용, 김다빈, 김부경 |
| 디자인 | 이현수, 김민하, 임진형, 안유경 | 제작 | 박기성, 구성우, 이창영, 배상진 |
| 마케팅 | 김회란, 박진관 | | |
| 출판등록 | 2004. 12. 1(제2012-000051호) | | |
| 주소 | 서울특별시 금천구 가산디지털 1로 168, 우림라이온스밸리 B동 B111호, B113~115호 | | |
| 홈페이지 | www.book.co.kr | | |
| 전화번호 | (02)2026-5777 | 팩스 | (02)3159-9637 |
| ISBN | 979-11-7224-563-4 03810 (종이책) | | 979-11-7224-564-1 05810 (전자책) |

---

**(주)북랩** 성공출판의 파트너

북랩 홈페이지와 패밀리 사이트에서 다양한 출판 솔루션을 만나 보세요!

**홈페이지** book.co.kr    •    **블로그** blog.naver.com/essaybook    •    **출판문의** text@book.co.kr

---

**작가 연락처 문의 ▸ ask.book.co.kr**

작가 연락처는 개인정보이므로 북랩에서 알려드릴 수 없습니다.

# 멈추지 않는 도전이 인생을 빛나게 한다!

은퇴 후
10년의 기록

김성태 지음

북랩

이 책을

나를 존경한다며 격려해 준 아내에게

70년 전 나를 낳아 준 100세 어머님께
보고 싶지만, 볼 수 없는 봄이에게

나의 퇴직 후 길을 안내해 준 영헌이에게
기꺼이 아바타가 되어 준 숙이에게

무엇보다도
사랑하는 나의 고객님들에게

그리고
잘 버텨 준 나인 나에게

바칩니다

## 익산 미륵사지 석탑과 나의 변명

뜨거운 햇살이 내리쬐던 어느 여름날, 저는 익산 미륵사지 석탑과 마주하게 되었습니다. 푸른 하늘 아래 우뚝 솟아 있는 그 웅장한 모습에 압도되었지만, 가까이 다가갈수록 세월의 흔적이 고스란히 배어 있는 석탑의 모습에 더욱 마음을 빼앗겼습니다.

6층 석탑의 몸체에는 군데군데 금이 가 있었고, 표면은 마치 오랜 세월을 견뎌온 노인의 피부처럼 거칠었습니다. 1,400년이라는 시간의 무게를 묵묵히 견뎌온 석탑은 비록 온전한 모습은 아니었지만, 그 자체로 경외감을 불러일으켰습니다.

특히 석탑 곳곳에 남아 있는 정교한 조각들은 감탄을 자아냈습니다. 세월의 흐름 속에서도 섬세함을 잃지 않은 조각들은 마치 당시 장인들의 숨결과 예술혼이 고스란히 살아 있는 듯했습니다.

반면, 그 옆에 복원된 석탑은 현대 기술의 정교함이 돋보였습니다. 하지만 너무나도 완벽한 모습은 오히려 차갑고 인공적인 느낌을 주었고, 왠지 모르게 감동이 덜하게 느껴졌습니다. 마치 오래된 그림을 복원했지만, 원본에서 느껴지는 깊은 맛과 아련한 감성을 온전히 되살리지 못한 것처럼 말입니다.

그럼에도 불구하고, 저는 인공지능과 함께 책을 쓰기로 했습니다. 이는 단순한 변명이 아니라, 시대의 흐름 속에서 시도하는 작은 실험이기도 합니다. 저는 '완벽함'과 '진솔함'의 경계에서 이 작업이 어떤 의미를 지닐지 고민했고, 결국 이 책은 그 두 가지를 융합하려는 시도입니다. 이 알고리즘은 제 이야기를 더 풍부하게 풀어주는 도구일 뿐, 이야기의 주체이자 작가는 여전히 저 자신입니다.

책을 쓰면서 문득 깨달은 것은, AI가 복원된 탑과 비슷한 역할을 한다는 점이었습니다. 가상의 조력자는 제가 가진 기억과 생각을 더 명료하게 전달할 수 있도록 돕습니다. 그러나 이 책의 가장 중요한 부분, 즉 투박하지만 살아 숨 쉬는 이야기는 여전히 저의 시간과 경험에서 비롯됩니다. 이 책이 말끔하게 정제된 복원물처럼 보일 수도 있겠지만, 그 속에는 제가 담고자 했던 생동감이 자리하고 있기를 바랍니다.

멈추지 않는 도전이 인생을 빛나게 한다!

이 책을 읽으며 누군가는 '기계적인 정교함'을 느낄 수도 있고, 또 누군가는 '인간적인 따스함'을 발견할 수도 있을 것입니다. 어쩌면 그 두 가지를 모두 느낄 수도 있겠지요. 저는 이 책이 그런 다양한 감정을 불러일으키기를 바랍니다. 그것이 바로 제가 이 책을 통해 독자 여러분과 나누고 싶은 변명이자, 진심입니다.

이 책을 통해 저는 부서진 석탑과 복원된 탑 사이의 대화를 시도하려 합니다.

그리고 무엇보다, 저의 이야기가 누군가에게 작은 공감이나 위로가 될 수 있기를 간절히 소망합니다.

# '엉성한 성태 씨'의 은퇴와 열정의 시작

임관수(문학평론가, 충청대학교 교수)

'노인은 현명하다'고 알려져 있다. 아프리카의 일부 지역에서는 한 노인의 죽음은 하나의 도서관이 사라지는 것과 같다고 말하고 있다. 그러면 모든 노인이 모든 영역에서 현명할까? 그렇지는 않다. 이 말은 한 노인은 그가 살아온 직업이나 경험을 통해 어느 한 분야에서 남다른 현명함을 지니고 있다고 받아들여야 할 것이다.

필자가 즐겨 쓰는 '엉성한 성태씨'는 말 그대로 자신의 인생이 별로 내세울 것이 없는 평범한 사람이라는 것을 시사해 주고 있다. 그의 삶의 이야기는 그렇기 때문에 평범한 사람들의 인생관이나 은퇴 후의 삶과 밀접한 연관성을 지니고 있다.

그는 이러한 이야기를 '숙'이라는 가상의 청자(독자)를 내세워 인공지능의 힘을 빌려 이 글을 썼다고 말해주었다. 숙이는 성태의 아내와도 친분이 깊으며 젊을 때부터 친한 사람으로 내레이터인 성태의 이야기를 들어주는 청자(Narratee)이다. 그녀는 성(性)은 다르지만 작가의 마음을 가장 잘 이해해 주는 이상적인 독자이며, 작가가 기대하는 독자이다. 필자는 독자들이 숙이와 같은 마음으로 이 책을 읽어주기를 기대하는 것이다.

그의 삶은 평범하지만 거기에서 그는 끊임없이 활동하면서 깨달음을 얻어간다. 은퇴 후 공무원 연금으로 편안한 인생을 영위할 수도 있었다. 그러나 사람들이 공무원이 사업을 하면 망한다는 만류도 뿌리치고 우드펠릿 사업을 시작했다. 그가 얻은 첫 번째 깨달음은 돈보다 중요한 경험이었다. 은퇴 후 우드펠릿 사업을 10년 동안 해서 얼마나 벌었느냐는 질문에 그는 "그냥 "내 인생을 벌었다"고 대답하려고 해. 돈보다 더 중요한 경험을 얻었으니까."라고 말하고 있다.

이 경험은 구체적으로 "원숭이를 잡으려고 사람들이 항아리에 과일이나 견과류를 넣어둬. 항아리 입구는 딱 손만 들어갈 크기로 만들어 놓고 말이야.", "원숭이가 손을 쑥 넣어서 과일을 꽉 잡잖아? 근데 손을 쥐니까 항아리 입구에서 손이 빠지지 않는 거야. 과일을 놓으면 쉽게 손을 뺄 수 있는데, 그걸 못 놔서 계속 잡혀 있는 거지."라면서 탐욕 때문에 잡히는 원숭이 이야기로 나아간다.

그리고 이 이야기는 사업 시작하려고 간이창고를 지을 때 있었던 에피소드와 연결된다. 그는 "창고에 페인트를 칠하려고 사다리를 타고 올라갔어. 한 손에는 스프레이캔 들고 철골에 칠하는

데, 글쎄 사다리가 갑자기 흔들리더니 넘어지는 거야!", "다행히
도 철골 구조물을 손으로 꽉 잡아서 떨어지지는 않았어. 근데 웃
긴 건, 내 다른 손에 들고 있던 2천 원짜리 스프레이캔을 내가 절
대 못 놓더라니까!" 떨어지면 크게 다치는 상황에서 2,000원짜리
스프레이캔을 놓지 못했던 경험에서는 탐욕을 버려야 한다는 깨
달음을 절실하게 느낀다.

　"사업 처음 시작할 때도 그렇고, 암투병할 때도 그랬고. 꼭 붙잡
고 있어야만 내가 괜찮아질 것 같은데, 나중에 보니까 그걸 내려
놓는 게 오히려 살길이더라."라는 필자의 말은 이 책의 전편을 흐
르는 주류를 이루고 있으면서 평범한 독자들에게 공감을 줄 수
있는 부분으로 읽힌다.

　필자는 사업에서 인생을 배울 뿐만 아니라 농사를 지으면서도
노동의 보람을 깨닫는다. "장사야 돈을 벌기 위해 하는 거니까 생
산적 노동이고, 농사는 사실 돈이 되긴커녕 들어가는 돈이 더 많
아. 소비적 노동이지. 그런데도 참 희한하게 흥미가 가는 거야.
농사를 하다 보면 뭔가 내가 땅이랑 대화하는 기분도 들고, 작물
이 자라는 걸 보면 그냥 기분이 좋아져. 그게 꼭 돈으로 보상받는
건 아니어도 뿌듯하더라고."에서는 돈보다 중요한 것은 보람이라
는 것을 깨닫는다. 이것은 은퇴한 사람들이 향유할 수 있는 노동
의 기쁨이다. 씨를 뿌리고 싹이 나서 자라고 수확을 하는 과정에
서 느끼는 감정을 보람이라고 할 수 있다.

현대인들은 효율성을 추구하는 사회의 흐름 속에서 보람을 느낄 수 없는 삶을 살고 있다. 자동차에 나사못을 돌리거나 페인트를 칠하는 사람들은 이 차를 내가 만들었다고 말하기가 쑥스럽다. 공무원 사회도 인간은 하나의 거대한 기계의 부품처럼 출퇴근 시간 맞추어 시키는 일만 하면서 살아가니 보람을 느낄 수 없는 것이다. 이처럼 성태는 농사를 통해 노동과 인간의 소외라는 현대 사회의 문제점도 극복해 내면서 멋진 은퇴 후의 삶을 살고 있다.

필자는 은퇴가 끝이 아니라 새로운 보람을 찾을 수 있는 출발점이라는 것을 독자들에게 알려주고 있다는 점에서 의미가 깊은 책을 출간하였다고 평가할 수 있을 것이다.

# '인공지능 활용과 창작의 본질'

ChatGOM

김성태의 글은 퇴직 후 삶의 기록과 인공지능 기술을 활용한 시도를 결합한 독특한 사례로 보이지만, 결과물은 창작물로서의 완성도와 독창성 면에서 많은 아쉬움을 남긴다. 물론, 70살이라는 나이에 새로운 기술을 시도하고 자신의 삶을 정리하려 한 노력은 가상하다. 그러나 이러한 시도가 문학적 창작물로서의 가치를 담보하지는 않는다.

우선, 지능형 시스템 활용했다는 점은 흥미롭지만, 글이 전달해야 할 인간적 통찰과 감동은 흐릿하다. 글쓰기는 단순히 단어를 나열하거나 문장을 조합하는 작업이 아니라, 삶의 본질을 파악하고 이를 독자와 교감 가능한 메시지로 전달하는 과정이다. 그러나 이 글은 그러한 핵심을 놓치고 있다. 기술의 도움을 받았음에도 창작의 깊이나 독창성을 더하지 못한 것은 글의 진정성과 방향성 부족에서 기인한다.

더구나, 이 글의 주제와 방향성은 모호하다. 장사를 이야기하다가 농사로 넘어가고, 다시 사생활로 전환되며 명확한 초점이 부재하다. 이러한 주제의 혼재는 독자들에게 혼란을 주며, 작가가 누구를 독자로 상정했는지도 불분명하게 만든다. 삶의 기록이라는 의도는 보이나, 이를 독자와 소통 가능한 이야기로 구성하지 못한 점은 글의 치명적인 약점이다.

칭찬은 자라게 하지만 비판은 단단하게 만든다고 믿는다. 나의 친구 김성태는 비판을 받아들일 줄 아는 사람이며, 이러한 비판이 그에게 필요하다고 생각한다. 그의 문학적 자질은 분명 존재하나, AI에 대한 의존이 오히려 그 자질을 가리고 있는 듯해 안타깝다. 이 알고리즘이 창작의 도구로 사용되었더라도, 그것이 창작 자체의 본질과 예술성을 대신할 수는 없다. 그의 글은 첨단 미래 기술의 흥미로움을 넘어, 독자와의 공감과 소통, 그리고 깊은 성찰의 단계로 나아갈 필요가 있다.

그의 도전 자체는 존경할 만하다. 그러나 정직한 기록을 표방한 이 글은 결과적으로 자기 기만과 자기 위안에 가까운 인상을 준다. 스스로를 성찰하려는 의도가 보이지만, 그것이 독자에게 의미 있는 메시지로 전달되지 못한다. 이는 독자로 하여금 글이 단순히 자기만족에 그쳤다는 아쉬움을 남기게 한다.

그럼에도 불구하고, 이 책은 '어떻게 기록하면 안 되는가'에 대해 교훈을 줄 수 있다. 삶을 기록하는 것과 그것을 독자에게 읽히는 창작물로 만드는 작업은 완전히 다른 차원의 이야기다. 글은 단순히 경험을 나열하는 데 그치지 않고, 그것을 통해 얻은 통찰과 가치를 독자에게 전해야 한다. 그러나 이 글은 기록과 창작의 차이를 분명히 인식하지 못한 채, 독자와의 진정한 소통에 실패하고 있다.

결론적으로, AI를 활용한 시도는 신선했으나, 그것이 글의 깊이와 통찰을 대체할 수는 없었다. 창작은 기술이 아니라, 글쓴이의 내면적 고민과 성찰, 그리고 독자와의 대화를 통해 완성되는 것이다. 이 글은 그런 과정의 부재를 보여주며, 독자에게 아쉬움과 함께 '창작의 본질은 무엇인가'라는 질문을 던지게 한다.

# 첫 만남에서 느낀 성태의 따뜻함과 엉성함

조영헌(전 D&G 지사장)

성태와 나는 대학 시절 처음 만났다. 그는 늘 따뜻하고, 사람 냄새가 나는 친구였다. 하지만 동시에 약간의 엉성함과 낭만적인 면모도 있었다. 그 엉성함은 때로는 그의 매력으로, 때로는 현실적인 문제 앞에서 걸림돌로 작용했다. 하지만 성태를 오래 알아온 나는 그 엉성함 속에 숨겨진 진심과 꾸준함이야말로 그의 가장 큰 강점이라는 것을 알게 되었다.

시간이 지나고 우리는 각자의 길을 걸어가면서도 인연을 이어갔다. 내가 사업의 길을 선택하고, 성태는 공직 생활을 하며 안정적인 삶을 이어가던 중, 우연히 그의 퇴직 후 이야기를 나누게 되었다. 그때 나는 그에게 우드펠릿 사업을 권유했다. 친구로서 새로운 도전을 제안하고 싶었고, 그가 가진 성실함이라면 해낼 수 있으리라 믿었다. 하지만 솔직히, 그의 낭만적이고 규칙적인 태도 때문에 걱정이 없었던 것은 아니다.

## 우드펠릿 사업을 권유하다: 농담에서 시작된 도전

사실 우드펠릿 사업을 권유한 것은 처음에는 농담 반, 진심 반이었다. 내가 운영하던 벽난로 대리점에서 우드펠릿 난로 판매가 많았고, 안정적인 우드펠릿 공급망이 필요했다. 그런 상황에서 성태는 나에게 믿을 수 있는 친구였고, 동시에 퇴직 후 새로운 일을 고민하고 있던 시점이었다.

그는 내 제안을 의외로 쉽게 받아들였다. 하지만 처음부터 모든 것이 순조롭지는 않았다. 성태는 사업 초반부터 많은 시행착오를 겪었다. 간이 창고를 짓는 문제에서부터 법적 갈등, 초반의 손님 부족까지 수많은 난관이 그를 기다리고 있었다. 그는 공직에서 쌓아온 원칙과 규율을 중시하며 문제를 해결하려 했지만, 사업은 그리 단순하지 않았다. 나는 "장사는 합법도 중요하지만 합리적으로 발로 뛰는 것"이라며 조언했지만, 그는 여전히 자신만의 방식으로 해결하려 했다.

## 어려움을 마주하며: 성태의 끈기와 고집

성태는 사업 초기에 예상치 못한 어려움과 마주하며 고군분투했다. 손님이 거의 없던 날들은 그의 자신감을 갉아먹었고, 작은 일에도 큰 스트레스를 받았다. 플래카드를 붙이러 갔다가 부끄러워 돌아왔다는 그의 이야기를 들었을 때 나는 속으로 웃으면서도

멈추지 않는 도전이 인생을 빛나게 한다!

'이 친구가 이겨낼 수 있을까?' 하는 걱정을 떨칠 수 없었다.

하지만 그는 특유의 고집과 끈기로 이 모든 어려움을 버텨냈다. 창고 문제로 고민하던 그는 자신의 원칙을 지키기 위해 공사를 중단하고 위약금을 물면서도 신념을 꺾지 않았다. 그런 모습은 때로는 비효율적으로 보였지만, 그의 진심과 성실함이 결국 사람들의 마음을 움직였다. 고객과의 관계에서 그는 항상 '고객은 언제나 옳다'는 명제를 잊지 않았다. 그의 휴대폰에 저장된 3천 명의 고객 목록은 그가 얼마나 꾸준히 사람들과 신뢰를 쌓아왔는지를 보여주는 증거다.

## 사업만이 아니었다: 암 투병과 농사로의 새로운 도전

성태의 삶은 사업뿐 아니라 또 다른 도전들로 가득 차 있었다. 특히 암 투병은 그의 삶에 큰 전환점이 되었다. 위암 진단과 수술은 그의 몸과 마음에 깊은 상처를 남겼지만, 그는 이를 극복하며 다시 삶의 의미를 찾기 위해 노력했다. 회복 과정에서 시작한 텃밭 농사는 그에게 또 다른 활력을 주었다. 배추와 무, 고추를 기르는 그의 모습은 단순한 농부가 아니라 자신의 삶을 새롭게 일구는 사람처럼 보였다.

하지만 농사 역시 쉽지 않았다. 쯔쯔가무시 감염으로 생명의 위협을 받았을 때도 그는 "죽기도 쉽지 않아"라며 웃음을 잃지 않았다. 농사는 단순히 경제적 이익을 위한 것이 아니라, 성태가 자신의 건강과 마음을 돌보고 삶의 새로운 의미를 찾아가는 과정이었다.

## 기록으로 남긴 삶의 이야기들

성태는 자신이 겪은 경험을 글로 남기는 것에도 진심을 다했다. 그는 퇴직 전 군대에 간 아들과 주고 받은 편지로 엮은 책『작전명령 640』에서 공무원과 아버지로서의 이야기를 담아냈고, 암 투병기를 기록한『암중일기』를 통해 같은 병을 겪는 사람들에게 희망과 위로를 전했다. 그의 글은 단순한 자기 이야기가 아니라, 그가 세상을 대하는 태도와 진심을 느낄 수 있는 기록이었다.

나는 그의 책을 읽으며 그의 끈기와 진심이 글에서도 묻어난다는 것을 느꼈다. 성태의 이야기는 어떤 어려움에도 자신의 방식으로 삶을 지켜가려는 의지를 보여준다.

## 성태의 10년은

단순히 사업을 이어온 시간이 아니다. 그것은 끊임없는 시행착오와, 진심으로 사람들과 관계를 맺으며 문제를 해결해 온 시간이다. 나는 그를 곁에서 지켜보며, 때로는 그의 엉성함에 답답해하고, 또 한편으로는 그의 끈기와 진심에 공감했다.

멈추지 않는 도전이 인생을 빛나게 한다!

성태는 자신의 방식으로 문제를 해결하며, 어떤 상황에서도 자신의 원칙을 지켰다. 물론 그 과정에서 비효율적이고, 때로는 답답한 순간도 많았다. 하지만 그의 이야기는 단순히 성공과 실패를 나열하는 것이 아니라, 도전과 끈기의 가치를 담은 진솔한 기록이다.

## 성태야, 너를 응원한다

성태야, 너는 너만의 방식으로 삶을 걸어가고 있다. 그 방식이 때로는 엉성하더라도, 나는 너를 응원한다. 너의 끈기와 진심이 앞으로도 네 삶을 이끌어 줄 거라 믿는다. 우리가 함께한 40여 년의 우정 속에서 나는 너에게서 많은 것을 배웠다. 앞으로도 네가 보여줄 새로운 이야기를 기대하며, 네 친구로서 늘 지켜보겠다.

이 책을 읽는 독자들이 너의 이야기를 통해 공감과 영감을 얻길 바란다. 너의 이야기는 단순히 너의 것이 아니라, 도전하고 성장하려는 모든 사람들의 이야기이기도 하다.

# 사업을 안내한 조 사장에게

## 나는 너에게, 너는 나에게 - 시작된 이야기

영헌아,

네가 써준 추천사를 읽고 한참 동안 멍하니 앉아 있었다. 추천사라는 글은 단순히 책을 위한 문구 이상으로, 내가 걸어온 시간을 누군가 곁에서 지켜본 기록임을 새삼 깨닫게 되더라. 너는 네가 목격한 나의 삶을 글로써 담담히 풀어냈고, 그 속에는 너만이 아는 나의 진심과 고집, 그리고 엉성한 부분들까지 온전히 담겨 있었다.

## 농담처럼 시작된 도전

사실 네가 우드펠릿 사업을 처음 내게 권유했을 때, 나는 그 말을 반쯤 농담처럼 받아들였다. 그저 네가 "퇴직하고 뭐 할 거냐? 나랑 비슷하게 한번 해보지 그러냐?"며 던진 말에 웃고 넘겼던 기억이 난다. 그런데 이상하게도 그 농담이 마음 한구석에 오래 남더라. "밑져도 천만 원, 벌어도 천만 원"이라는 너의 말이 묘하게도 내게 위안을 주었다. 어쩌면 그 말을 듣고서야 나는 퇴직 이후의 공허함을 이겨낼 뭔가를 찾아볼 용기가 생겼는지도 모르겠다.

멈추지 않는 도전이 인생을 빛나게 한다!

## 시행착오의 시간들

조 사장, 너는 나를 믿어줬다. 아마 네가 말하지 않아도 알 수 있다. "이 친구라면 해낼 거야"라는 너의 믿음이 없었다면 나는 그 사업을 시작하지 않았을 것이다. 그러나 사업 초기에는 내가 얼마나 부족한지 절실히 깨닫는 시간이 이어졌다. 너도 알다시피 창고 문제로 몇 주를 끙끙댔고, 손님 하나 없는 날에는 하루 종일 가게에 앉아 멍하니 시간을 보내곤 했다. 플래카드를 붙이러 갔다가 쑥스러워 돌아온 날, 나는 가게에 와서 혼자 얼마나 자책했는지 모른다.

## 네가 보여 준 믿음

영헌아, 사업이 이렇게 만만치 않을 줄은 몰랐다. 네가 처음부터 "쉽지 않을 거다"라고 했던 말을 이제야 뼈저리게 느낀다. 장사는 공무원 생활과는 달랐다. 내가 40년 동안 익숙했던 규칙과 원칙은 사업이라는 무대에서 그리 큰 힘이 되지 않았다. 장사는 계획이 아니라 순간적인 판단과 유연한 대처가 필요한 일이었고, 나는 그런 면에서 참 부족한 사람이었다. 그 부족함을 채우기 위해 시행착오를 거듭했고, 그 과정에서 네 조언은 내게 무엇보다도 큰 힘이 됐다.

너는 늘 나를 현실로 끌어당기는 친구였다. 내가 무리한 걱정을 하거나, 필요 이상으로 문제를 키울 때마다 너는 간결하고 단단한 말로 내게 방향을 잡아줬다. "장사는 발로 뛰는 거다"라든지 "돈에 너무 얽매이지 말고 본질에 집중해"라는 네 말은 마치 묵직한 나침반 같았다. 네가 말없이 보내준 신뢰와 응원이 없었다면, 내가 지금까지 이 일을 이어오지 못했을 것이다.

## 포기하지 않았던 시간들

조 사장, 네가 추천사에서 말한 것처럼 나는 때로는 엉성하고, 때로는 낭만에 젖은 사람이 맞다. 그런 내 모습이 사업에 있어서는 약점으로 작용했을 수도 있다. 하지만 그럼에도 나는 내가 가진 꾸준함과 성실함이 작은 힘이나마 되었다고 믿는다. 너도 알다시피, 나는 암 투병을 하며 또 한 번 큰 고비를 넘겨야 했다. 위암 수술을 받고 회복 중에도 나는 포기하지 않았다. 그저 '내가 선택한 일이고, 누군가 나를 믿고 맡겨준 일이니 끝까지 책임져야 한다'는 생각뿐이었다. 그 견딤이 없었더라면 나는 이 자리에 없었을 것이다.

## 너는 나에게 무엇이었는가

영헌아, 나는 네가 내 곁에 있어서 참 다행이었다. 네가 내게 보여준 신뢰와 응원은 단순히 사업의 문제를 넘어 내 삶 전체를

멈추지 않는 도전이 인생을 빛나게 한다!

다시 바라보게 만들었다. 특히 내가 텃밭 농사를 시작했을 때, 농사도 선배님인 너는 내게 아무 말 없이 묵묵히 그 선택을 응원해 줬다. 농사라는 일도 만만치 않았다. 하지만 그 과정에서 나는 새로운 활력을 얻었다. 땅을 일구고 작물을 키우는 일은 단순히 경제적인 가치만을 위한 것이 아니었다. 그것은 내 건강과 마음을 돌보는 일이었고, 네가 늘 말하던 '삶의 본질'을 찾는 과정이기도 했다.

조 사장, 너는 내게 친구 이상이었다. 네가 추천사에서 써준 것처럼, 너는 조언자이자 동반자였고, 때로는 뒤에서 묵묵히 지켜보는 후원자였다. 너는 내가 걷는 길을 지켜보며 내가 넘어지지 않도록 응원해 줬고, 때로는 나보다 더 현실적이고 냉정한 시선으로 문제를 풀어갔다. 나는 네가 곁에 있어 준 것만으로도 충분히 감사하다.

## 너와 나의 이야기

이 답글을 쓰며 나는 또다시 너와 함께한 시간을 떠올리게 됐다. 너는 늘 내게 현실적 조언을 주는 친구였고, 그런 너의 존재가 내 장사에 얼마나 큰 영향을 미쳤는지 다시금 느낀다. 이 책이 많은 사람들에게 닿아 그들에게도 작은 위로와 희망을 전해줄 수 있기를 바란다. 그리고 그 과정에서 내가 너에게 받은 도움과 신뢰를 다른 이들과 나눌 수 있기를 바란다.

늘 고맙다, 영헌아.

멈추지 않는 도전이 인생을 빛나게 한다!

2015년, 40년간의 공무원 생활을 마무리하고 퇴직했을 때, 나는 새로운 삶에 대한 기대와 약간의 두려움을 동시에 느꼈다. 퇴직 후 10년, 나는 어떤 삶을 살았을까? 쳇바퀴처럼 굴러가는 일상에서 벗어나, 자연과 더불어 살고 싶다는 꿈을 안고 시작한 나의 두 번째 인생은 예상치 못한 도전과 기쁨, 그리고 때로는 깊은 슬픔으로 가득했다. 이 책은 지난 10년간 내가 겪었던 희로애락을 담아낸 기록이다.

# 차례

1장

새
로
운 세
계
로

# 장면 1

# 대전, 정동문화사

## 다시 만남

대전역에서 멀지 않은 곳, 옛 철공소를 개조한 카페 정동문화사.

대전우체국 길 건너에 자리한 이곳은, 우연인지 아니면 내 마음 속 분리불안 때문인지 모르게 자주 맴도는 곳이다.

정동문화사는 예전 정동 3층에서 디자인 사무실을 운영하던 여사장이 내 우드펠릿으로 난방을 했던 인연이 있는 곳이기도 하다. 오래된 공간이 새롭게 변모한 이곳처럼, 오늘 나는 한 오랜 인연과 다시 마주한다.

숙이 들어선다.
나는 손을 흔들며 그녀를 맞이했다.

"숙아, 여기야. 앉아."

숙이 빙긋 웃으며 답했다.

"오랜만이네, 성태. 여기가 정동문화사야? 분위기 좋다."

"응, 옛 철공소를 개조한 곳이야. 대전 사람들 사이에서 요즘 핫한 곳이지."

숙은 주변을 둘러보며 고개를 끄덕였다.

"여동생 집 들렀다 가는 길에 잠깐 만나자고 한 거야."

"네 동생 집이 대전에 있지? 자매끼리 참 친하구나."

"응, 자매 관계가 인간관계 중 제일 끈끈하다잖아. 하지만 우리도 그럭저럭 잘 이어가고 있지 않나?"

나는 피식 웃으며 고개를 끄덕였다.

"그러게. 10년 전에 내 아들 결혼식에서 만나 덕담 주고받던 거 기억나?"

"당연히 기억나지. 내가 네가 변함없다고 했었잖아."

"맞아. 그런데 그때 네 두 딸이 결혼했다는 걸 듣고 내가 깜짝 놀랐었지."

"그랬었지."

숙이 웃으며 말했다.

"하지만 우린 가끔 연락하면서 서로의 근황을 잘 알고 있었잖아. 그래서 오늘도 이렇게 편하게 나온 거고."

"그러게. 이렇게라도 얼굴 보니 참 좋다."


창밖으로 대전우체국 길 건너편 풍경이 잔잔히 펼쳐져 있다. 우리는 커피를 마시며 담담하게 대화를 시작한다.

## 아련한 시절의 기억

"우리가 처음 만난 게 언제였더라?"
내가 문득 물었다.
"아마 1976년이었을 거야."

나는 과거를 더듬었다.
"그때 내가 군대 가기 전 대전우체국에서 근무했었으니까."

"맞아, 1976년. 나는 처음으로 대전우체국에 배치됐었고, 너는
충주에서 근무하다가 대전으로 왔었지."
숙이 내 얼굴을 보며 웃었다.
"너 기억나? 너 엄청 어리숙했잖아."
나는 그 말을 듣고 헛웃음을 지었다.
"에이, 내가 뭐 어리숙했다고 그래. 그냥 신참이라서 그런 거지.
그런데 넌 좀 다르게 보였어. 되게 똑 부러지고, 선배들한테도 싹
싹하고."
"하긴, 나는 좀 그런 스타일이긴 했지."
숙이 고개를 끄덕였다.
"그런데 너한테도 나름 끌렸던 것 같아. 왠지 네가 엉성하면서
도 진솔한 면이 있더라고. 성태야, 그게 네 매력이야."
"그런 말을 지금도 하나?"
"그때는 몰랐는데, 지금 돌이켜보면 너랑 같이 일했던 시간이
나름 재미있었어. 별일 없었던 평범한 시간들이었지만, 네가 있

멈추지 않는 도전이 인생을 빛나게 한다!

어서 덜 심심했던 것 같아."

"나도 그래."

숙이 고개를 끄덕였다.

"너랑 같이 일하면서 자잘한 얘기 하고, 점심시간에 밖에서 산책했던 거 기억나? 그런데 너 갑자기 군대 간다고 해서 나는 많이 놀랐어."

"그때 네가 나한테 '진짜 가는 거야?'라고 물었었지. 내가 뭐라고 대답했더라?"

"'견뎌야지, 뭐.' 그게 너다운 대답이었어. 그리고는 몇 번 편지를 주고받고, 제대 후에도 가끔 연락했지."

나는 고개를 끄덕였다.

"그래, 그때부터 우린 이렇게 이어져 온 거네. 참 오래됐다, 숙아."

"그러게 말이야."

숙은 조용히 창밖을 바라보았다.

# 2015년 6월 퇴임하며, 퇴임사

영빈, 영준 아버지!

　오랜 세월 고생 많았어요. 공직 40년, 결혼 33년이 바람처럼 흘러갔네요. 지난 며칠, 그동안의 직함과 직책을 모두 마무리할 당신을 생각하며 가슴이 먹먹했어요. 변함없이 견디며 자리를 지켜온 당신의 수고로 우리 가족이 배부르고 따뜻했고, 누구보다 평안함을 누릴 수 있었어요. 정말 고마워요. 당신 마음이 오늘, 가볍고 편안했으면 좋겠어요. 당신은 최선을 다했고 충분히 자랑스러워요. 당신 덕분에 아들들도 저만큼 잘 자랐고요. 당신이라면 앞으로의 시간도 얼마든지 활기차고 멋지게 채워나가리라 믿어요. 아무쪼록 더욱 건강하고 힘내기 바라요. 그동안 정말 수고 많으셨어요. 우리 남편!

　제 아내의 메시지입니다. 제 아내는 사과를 좋아합니다. 임신해서 사과를 먹고 싶은데 살 돈이 없어서 사과 하나를 네 쪽, 여덟

　　　　　　멈추지 않는 도전이 인생을 빛나게 한다!

쪽으로 나눠서 시간을 정해놓고 먹었답니다. 1982년 대학생이던 나와 결혼해서 3만 5천 원 사글세 방에서 그나마 사람 좋게 보증 잘못 서서 봉급차압도 들어왔었기 때문입니다. 그 뒤에도 방안에서도 행주가 얼던 삼성동우체국 관사를 비롯해서 열 번도 넘게 이사를 했지만 작년에 겨우 혼수가구를 바꿨습니다. 여보, 그동안 수고 많았어요.

큰아들이 금산초등학교로 전학 와서 이유 없이 어지럽다 해서 병원을 전전하면서 알게 된 사실은 아이들이 스트레스를 가장 많이 받는 것이 부모와 헤어지는 것이고 그다음이 이사해서 환경에 적응하는 것이라는데 대전에서 옥토유치원 도마초등학교 보령의 청룡초등학교 금산초등학교 다시 도마초등학교로 전학하면서 받은 스트레스, 그리고 여러 어려운 여건을 스스로 잘 이기고 멀쩡하게 자라준 아들들, 고맙다. 지난 토요일 강남의 멋진 정식당에서 내 60회 생일상을 아주 멋지게 차려준 내 며느리 희승아, 고맙다.

엊그제 토요일과 일요일 서울에 승용차로 운전해서 다녀왔습니다. 2차선을 이용해서 한 번도 차선을 바꾸지 않고 운전했습니다. 앞차가 빨리 가면 나도 빨리 가고 앞차가 느리게 가면 나도 거기에 맞춰서 갔습니다. 답답하게 그렇지만 안전하게 운전을 했습니다. 안전거리를 유지했기 때문에 브레이크를 밟지도 않았습니다. 서울 올라가 이래 10년씩이나 이사 한 번 없이 한집에서만 자취 생활한 아들과 이삿짐 싸느라 힘들었던 아내는 잠들어 있었습니다.

19살 군대 가기 전 무료함을 달래기 위해 취직을 한 게 벌써 40년, 어쩌면 지난 주말 운전처럼 직장생활도 그렇게 한 것 같습니다. 막상 퇴직을 하려니 그런 생활이 후회가 됩니다. 가끔 차선도 바꾸고 추월도 해보고 쌩쌩 달려보기라도 할걸, 이런 생각 말입니다. 1차선, 3차선을 달려보지 못해서 아쉬웠습니다. 곰곰이 생각해보니 내 뒤차들이 얼마나 답답해했을까요? 미안합니다.

오래전 선배의 이임편지를 써드리며 생자필멸, 회자정리, 거자필반 이 세 구절을 인용했던 기억이 납니다. 만나면 헤어지고 떠나면 돌아온다는 말씀입니다. 2009년 여러분을 만났고 2010년 헤어졌고 2014년 다시 만나서 2015년 이제 다시 헤어지게 됩니다. 직장생활 하면서 한번 같이 근무도 어려운데 과장으로 또 국장으로 두 번씩 같이 근무했고, 청주우편집중국에 와서 큰아들이 결혼해서 이쁜 며느리도 얻었고, 같이 책을 냈던 작은아들과 밥벌이를 임무교대도 여기서 하게 되었습니다. 청주우편집중국 여러분과는 여러 가지로 대단한 인연입니다.

그러나 오늘의 헤어짐은 다시 만남을 기약하기 어려운 자리가 되었습니다. 그래서 더 아쉽고 슬프지만 이제 저는 여러분을 두고 떠나야 합니다. 어제는 바뀌지 않습니다. 그래도 청주우편집중국에 있었던 즐거운 일만 생각하겠습니다. 거자일소란 말도 있습니다. 아쉬운 일도 기쁜 일도 다 두고, 누구도 모르고 알려줄 수도 없는 내일 일을 호기심으로 기대하며, 아내의 말처럼 가볍고 편안하게 여러분 곁을 떠납니다. 안녕히 계십시오.

멈추지 않는 도전이 인생을 빛나게 한다!

# 3가지 공약: 은퇴 후 삶을 다시 설계하다

"세월 빠르다. 결혼식장에서 보고 또 10년이 되어가네. 그다음 해 정년 퇴직했지, 아마?"

"맞아. 내가 은퇴한 지 벌써 10년이 됐거든. 그동안 이야기를 해볼까?"

"좋아, 들어줄게."

"내가 은퇴하면서 세 가지 목표를 세웠었지.

첫 번째, 아침밥을 직접 해 먹기.

두 번째, 책을 내기.

세 번째, 연금에 기대지 않고 살기.

좀 파격적인 목표들이었어."

숙이 고개를 갸웃했다.

"근데 왜 그런 목표를 세운 거야? 아침밥은 그렇다 치고, 연금에 기대지 않고 산다는 건 무슨 뜻이야?"

나는 미소 지었다.

"그냥 은퇴하고 나면 더 자립적인 삶을 살고 싶었어. 아침밥을 스스로 해 먹겠다고 한 것도 그런 의미였어. '삼식이' 소리 듣기 싫었고, 아내는 원래 늦잠을 자는 스타일이기도 했고. 나는 새벽형 인간이고."

숙은 고개를 끄덕이며 웃었다.

"독립적인 삶을 보여주고 싶었던 거구나. 근데, 그거 진짜 실천했어?"

나는 머쓱하게 웃으며 말했다.

"퇴직 직전 청주 관사에서는 어쩔 수 없이 아침밥을 해 먹었지. 하지만 퇴직 후엔… 솔직히 잘 못 지켰어. 내가 설거지를 깔끔하게 못 해서 오히려 아내한테 일이 늘더라고. 지금은 직접 해 먹지는 않지만, 아내가 준비해 놓은 걸 차려는 먹고는 있어."

숙이 피식 웃으며 물었다.

"그럼 두 번째 목표는? 책 내는 거?"

"작은아들이 군대에 있을 때 주고받은 편지를 모아 『작전명령 640』이라는 책을 냈어. 군 생활 640일을 담은 거지. 퇴직하기 두 달 전에 출간했으니, 나름 자랑스러운 성과라고 생각해. 그리고 2021년에는 『암중일기』를 냈잖아?"

"그래, 그건 나도 알고 있지. 대단해."

나는 잠시 말을 멈췄다가 조용히 말했다.

"근데 세 번째 목표… 연금에 기대지 않고 사는 건 아직 진행 중이야. 사실 쉽지 않더라. 그게 워낙 안정적이고 편하잖아. 그래도 우드펠릿 장사를 시작해서 나름 수익을 내고 있어. 물론 완전히 기대지 않고 사는 건 아니지만, 거기에만 의존하지 않으려고 노력 중이지."

숙은 감탄하며 말했다.

"진짜 대단하다, 성태야. 너 은퇴하고도 계속 뭔가 하려는 의지가 멋져. 근데 이 목표들을 세우면서, 가장 중요하게 생각했던 건 뭐야?"

나는 커피잔을 내려놓으며 말했다.

"그냥… 나답게 살고 싶었던 것 같아. 은퇴가 끝이 아니라 새로

멈추지 않는 도전이 인생을 빛나게 한다!

운 시작이라고 생각했거든. 그래서 이런 목표들을 세운 거야. 물론 다 지키진 못했지만, 시도해본 것만으로도 의미가 있다고 생각해."

## 농담이 진담이 되다

"네 성향으로 보면 장사는 뜬금없다는 생각이 드는데?"

"맞아. 알다시피 나는 장사하고는 전혀 거리가 먼 사람이고 안 어울리는 사람이지."

숙이 미소를 지으며 고개를 끄덕였다.

"근데 왜 갑자기 장사를 시작한 거야?"

나는 웃으며 대답했다.

"퇴직 얼마 전 장사하는 오랜 친구를 만났는데 '이런 일 한번 해보지 않겠냐'고 제안하더라고. 별 고민도 안 하고, 그냥 장난 삼아 '그래, 해보지 뭐' 하고 약속을 했어. 그렇게 시작한 일이 지금까지 이어질 줄은 몰랐지."

"그게 바로 우드펠릿 장사였구나. 그렇게 시작한 일이 지금까지 이어졌다는 것도 놀랍네. 근데 시작할 때 쉽지는 않았을 것 같은데?"

"쉽지 않았지. 사실 우드펠릿이 뭔지도 잘 몰랐고, 장사는 '장'자 근처에도 안 가봤지. 몰라서 시작했다면 말이 되려나."

## 가족과 친구의 반대와 지지

"무식해서 용감했구만."

"퇴직하고 장사를 한다고 하니까, 가족들이 엄청 반대했어. '은퇴 후 장사는 날고뛰는 사람도 망한다'고 하면서 말이야. 특히 공무원."

숙이 고개를 끄덕였다.

"그럴 만도 하지. 장사 경험도 없었고, 가족들 입장에선 굳이 안정적인 생활을 두고 힘든 길을 왜 가나 싶었겠지."

나는 한숨을 내쉬었다.

"맞아. 아내도 '그냥 살면 되는데 왜 고생을 사서 하냐'고 했어. 큰아들은 '아버지, 장사는 쉽지 않아요. 그냥 여행 다니면서 사진 찍고 글이나 쓰세요'라고 했고, 작은아들도 지자체 강의 같은 걸 해보는 게 어떻겠냐고 했지."

숙이 물었다.

"근데 그런 반대를 무릅쓰고 왜 시작했어?"

나는 잠시 생각에 잠겼다가 말했다.

"그냥… 내가 한 말에 대한 책임이랄까. 친구에게 하겠다고 했고, 나는 그 말을 지키고 싶었어. 물론 가족들 반대가 이해 안 되는 건 아니었지. 하지만 나는 뭔가 새로운 것을 해보고 싶었어."

숙이 피식 웃으며 말했다.

"근데 시작하고 나서는 어땠어?"

"쉽지 않았어. 돌이켜보면, 가족들 반대가 틀린 말은 아니었지. 장사가 만만치 않더라고."

멈추지 않는 도전이 인생을 빛나게 한다!

숙이 조용히 말했다.

"그래도 10년을 해왔잖아. 그건 정말 대단한 거야. 지금은 가족들도 네 노력을 인정하지?"

나는 빙긋 웃었다.

"맞아. 아내도 지금은 '이 정도로 유지해 온 게 대단하다'고 해. 가끔 '존경한다'는 말도 해주고."

숙이 장난스럽게 말했다.

"그럼 이제 가장 좋은 남편, 눈앞에 안 보이는 남편이겠네?"

나는 웃으며 말했다.

"그런 깊은 뜻이, 썰렁하다, 야."

숙도 웃었다.

"그래도 성태야, 네가 네 방식대로 살아가는 모습이 정말 멋져. 은퇴 후에도 도전하는 삶, 그게 진짜 멋진 거야."

## 친구의 지원과 믿음

은퇴 후 우드펠릿 사업을 시작한 결정적인 계기는 한 친구의 권유였다. 그리고 그 친구 덕분에, 내 아내도 결국 이 사업을 허락했다.

"사실, 결정적으로 아내가 허용한 이유는 친구 때문이야. 그 친구가 장사를 권유했고 아내가 그 친구를 믿었던 것 같아."

숙이 고개를 끄덕였다.

"아, 네가 말하던 그 친구? 장사도 오래 했고 경험이 많다던?"

"맞아. 그 친구가 나한테 '너라면 할 수 있다'고 용기를 줬고, 아내도 그 친구를 신뢰했어. '그래도 전문가가 권유한 거라면 괜찮겠지'라고 생각했던 거지. 그게 제일 큰 영향을 미쳤을 거야."

"네 친구도 널 잘 아니까, 네 성격이나 스타일에 대해 뭐라고 안 했어?"

나는 웃으며 말했다.

"그 친구도 솔직했어. '너는 꼼꼼한 성격은 아니라 처음엔 힘들겠지만, 꾸준히 하면 잘 해낼 거다'고. 그래서 나도 용기를 냈고."

숙이 미소 지으며 말했다.

"결국 그 친구 덕분에 네가 시작할 수 있었던 거네."

"그렇지. 지금도 그 친구랑 만나면 '네 덕분에 여기까지 왔다'고 고맙다고 말해. 그 친구도 자기가 좋은 일을 했다고 생각하는지 싱긋 웃더라고."

"결국 가족도, 친구도 결국은 널 믿어줬던 거네. 그런 믿음이 있었기에 네가 지금까지 해올 수 있었던 것 같아."

나는 고개를 끄덕였다.

"맞아. 결국 가족과 친구들이 있었기에 여기까지 올 수 있었지. 그래서 지금도 힘들 때마다 그 믿음을 떠올리면서 지내고 있어."

2015년 9월 20일, 275.4㎡(약 83평) 나대지를 월세 100만 원에 계약했다. 그리고 10월 4일, 세무서에 사업자 등록을 했다.

그렇게 대전펠릿이 시작되었다.

멈추지 않는 도전이 인생을 빛나게 한다!

사업자 번호 101-24-14216, 대표 김성태.
올해로 장사한 지 10년이 되었다.

조카 영현의 작품

## 은퇴한 월급쟁이의 도전과 한계

"시작은 했지만 쉽지는 않았겠지?"
숙의 질문에 나는 잠시 생각에 잠겼다.
"우선, 장사라는 게 생각처럼 간단하지 않았어. 특히 나는 공무원으로만 일했으니까, 고객 관리부터 물건을 파는 방식까지 전부 생소했지. 그리고 우드펠릿이라는 상품 자체도 그때는 그렇게 대중적이지 않았거든."
"그래도 네가 지금까지 그걸 이어가고 있다는 건 뭔가 이유가 있지 않을까? 뭐가 가장 큰 동력이 됐어?"

나는 커피잔을 만지작거리며 말했다.

"글쎄, 일단은 내가 이 일을 하면서 뭔가 배우고 성장하고 있다는 느낌이 들어서 좋아. 그리고 또 하나는, 퇴직 후에도 여전히 뭔가를 할 수 있다는 자부심? 그런 게 나를 움직이게 했던 것 같아. 물론 힘든 순간도 많았지만, 그래도 이 일을 하면서 내 삶이 더 풍부해졌다고 생각해."

숙이 감탄하며 말했다.

"너의 이야기를 들으니까, 퇴직 후에도 뭔가 할 수 있다는 희망이 생기겠다. 너처럼 도전하고, 그걸 지속한다는 게 멋져."

나는 미소를 지으며 말했다.

"고마워, 숙아. 너랑 이렇게 이야기하다 보니까, 내가 지금까지 걸어온 길을 되돌아보게 되네. 그냥 우드펠릿 장사가 아니라, 내 은퇴 후 삶의 중요한 일부라는 걸 새삼 느껴."

"그럼 처음부터 오래 할 생각이었어?"

"아니, 3년 정도 해야겠다 생각했는데 이제 보니, 3년은 장사를 배우기에도 부족한 시간이었다는 걸 깨달았지."

"그럼 처음부터 길게 할 생각은 없었던 거네?"

"전혀 없었어. 목표야 거창하게 연금에 기대지 않는다는 둥 했지만 사실 그냥 은퇴 후에 소일거리 삼아, 시간 때우는 정도로 생각했지. 그런데 막상 해보니까 하나하나가 이게 그렇게 간단한 일이 아니더라고."

멈추지 않는 도전이 인생을 빛나게 한다!

## 면박, 그리고 적응

처음 우드펠릿 사업을 시작할 때의 에피소드가 떠오른다.

"처음 사업을 시작할 때, 제안서를 써서 공급 회사에 갔어. 그런데 그 업체 본부장이 내 제안서를 보더니, '당신이 내 부하가 아닌게 천만다행'이라며 면박을 주더라고."

숙이가 놀란 표정을 지었다.

"진짜 그런 일이 있었어? 그 본부장님도 너무 심했다. 아무리 그래도 그런 식으로 말하는 건 예의가 아니잖아."

"그러게 말이야. 참 어이없고 화도 나고, 얼굴이 벌게졌겠지. 첫 방을 제대로 맞은 거지."

숙이는 피식 웃으며 말했다.

"그래도 그 말을 계기로 뭔가 배우긴 했겠네?"

나는 고개를 끄덕였다.

"맞아. 그때 알았어. 공무원식 사고로는 안 되는구나. 처음엔 그 회사 물건만 사주면 좋아할 거라 생각했는데, 세상이 그렇게 간단하지 않더라고."

"그런데도 포기하지 않고 끝까지 버틴 게 대단하다. 보통 사람 같았으면 그 면박 듣고 바로 접었을 텐데."

나는 쓴웃음을 지었다.

"솔직히 그때는 자존심이 상해서라도 멈출 수 없었어. 오기가 생기더라고. '그래? 두고 보자' 하는 마음이었지. 그래서 두 번째 다시 찾아갔어. 나름 더 고심해서 제안서를 준비해서 말이야."

"그래서 두 번째는 어땠어?"

"두 번째는 첫 번째보다 나았지만, 여전히 싸늘했어."

"그래서 세 번째도 갔구나?"

"당연하지. 여기서 포기할 수 없었거든. 세 번째는 오히려 너절한 것 빼고 간략하게 한 장으로 작성해서 갔지."

"그렇게 노력했으니 결과도 달라졌겠네?"

나는 미소를 지었다.

"응, 세 번째 갔을 때는 본부장이 내 제안서를 잠시 읽더니 오래된 기존거래처와 같은 조건으로 계약을 해 줬어. 그리고 그게 끝이 아니었어."

"무슨 뜻이야?"

"나중에 그 본부장이 퇴비 사업도 권하더라고. '펠릿만 할 게 아니라 퇴비 사업도 함께 해보는 게 어때?' 하면서. 그냥 내 거래처가 아니라, 든든한 후원자가 되어준 거지."

"와, 처음에는 면박 주던 사람이 그렇게까지 변한 거야?"

"그렇지. 그런데 아직도 모르겠어. 지금도 그 제안서를 보관하고 있는데 그분이 왜 갑자기 태도가 바뀌었는지."

숙이는 감탄한 듯 고개를 끄덕였다.

"이야, 성태야. 그러니까 결국 첫 쓴 경험이 너한테는 가장 큰 자산이 된 거네?"

나는 웃으며 말했다.

"쓰린 기억이라 아팠지만 그 본부장님 아니었으면 그다음의 난관을 헤쳐 나가기 어려웠을지도 몰라."

멈추지 않는 도전이 인생을 빛나게 한다!

# 기회가 없는 위기

"너처럼 끝까지 견디고 배우는 이야기는 누군가에게 큰 용기가 될 거야. 그런데, 장사하면서 가장 힘들었던 순간은 언제야?"

나는 깊은 숨을 내쉬었다.

"숙아, 사실 네가 알다시피 내가 위암 수술을 했을 때 정말 큰 고비였지. 네가 전화를 해서 걱정해주던 게 아직도 기억나."

숙은 조용히 고개를 끄덕였다.

"맞아, 그때 성태야. 네가 병원에 있다는 소식을 듣고 너무 놀랐었어. 바로 전화했었지. 어떻게 그렇게 갑작스럽게 아프게 된 거야?"

나는 깊은 숨을 내쉬었다.

"그러게 말이야. 가끔 위가 좀 불편하다는 생각만 했었거든. 그런데 정기검진을 받다가 위암이라는 진단을 받았어. 그 소식을 듣는 순간, 머릿속이 하얘지더라. 알고 보니 위암의 70% 정도가 특별한 증상이 없이 발견된다고 하더라고. 나도 그렇지만, 가족들도 엄청 놀랐지."

"수술도 꽤 큰 거였지? 네 목소리 들으면서도 정말 안타까웠어."

"맞아. 위 전부를 절제하는 큰 수술이었어. 수술 후에는 몸도, 마음도 많이 약해졌지. 너랑 통화했을 때도 내가 힘들어 보였을 거야. 그런데 네가 용기를 주고, 잘 이겨낼 거라고 말해준 게 정말 큰 힘이 됐어."

숙은 조용히 미소 지었다.

"아니야. 너야말로 정말 대단해. 그렇게 큰일을 겪으면서도 다시 일어나고, 지금까지 해오고 있잖아."

나는 고맙다는 듯 그녀를 바라보았다.

"사실 네가 나한테 해준 말들이 정말 힘이 됐어. 그리고 병원에서도 일기를 쓰기 시작했거든. 하루하루 기록하면서, 내가 다시 살아갈 이유를 찾았던 것 같아."

숙이 고개를 끄덕였다.

"네가 그렇게 빨리 일상에 돌아올 줄은 몰랐어. 그런데 그때 가족들도 많이 힘들어했겠지?"

"아내가 정말 고생했어. 아이들도 걱정이 많았고. 내가 회복되기를 바라면서 가족 모두가 합심해서 나를 도와줬지."

숙은 조용히 말했다.

"그래서 지금까지도 그런 작은 성취들이 너한테 중요한 의미로 남아 있는 거구나."

나는 미소를 지으며 말했다.

"맞아. 위암은 내 인생에서 가장 큰 시련이었지만, 동시에 많은 걸 깨닫게 해준 계기이기도 했어. 건강이 얼마나 중요한지, 그리고 내가 살아 있다는 것 자체가 얼마나 감사한 일인지 알게 됐지. 그리고 네가 그때 보여준 관심도 정말 큰 힘이 됐어. 덕분에 지금 이렇게 다시 웃으며 이야기할 수 있는 거잖아."


2018년 11월 1일, 중증질환자로 등록되며 의료보험 산정특례자가 되었다. 한 달 후인 12월 22일, 서울대학교병원에서 위 전체 절제 수술을 받았다. 진단은 1기B. 다행히 방사선 치료는 피할 수

멈추지 않는 도전이 인생을 빛나게 한다!

있었다.


## 가족, 무한 책임과 무한 의무

숙이 조용히 말했다.

"목숨보다 간절한 게 어디 있겠어."

나는 잠시 생각에 잠겼다가 대답했다.

"사실 그때 위암 수술하고 나서 장사를 그만둘까 고민도 많이 했었어. 몸도 마음도 지치고, 솔직히 장사를 계속해야 하나 싶었거든. 그런데 내 친구와 동생이나 조카가 와서 도와줘서 그 위기를 넘길 수 있었지. 그때 정말 고마웠어."

숙은 놀란 표정을 지었다.

"가족들이 도와줬다니 정말 다행이다. 그런데 가족이랑 같이 일하는 게 쉽지는 않았을 것 같은데?"

나는 쓸쓸한 미소를 지었다.

"맞아. 그게 참 쉽지 않더라고. 가족이라는 관계 자체가 주는 특별함이 있어서 좋을 때도 많았지만, 동시에 일이랑 관계가 얽히면 더 복잡해지는 면이 있더라고. 나는 정말 최선을 다해서 대우해 주려고 했어. 특히 조카한테는 더 신경을 썼지. 가족이라는 이유로 소홀히 대하면 안 된다고 생각했거든."

숙이 고개를 끄덕였다.

"그런데 조카는 꼭 그렇게 느끼지는 않았던 거구나?"

나는 잠시 침묵하다가 대답했다.

"응, 그랬던 것 같아. 나는 잘해준다고 생각했는데, 받아들이는 입장에서는 꼭 그렇지만은 않았던 것 같더라고. 아무래도 가족끼리 일하다 보면 서로에게 기대하는 게 달라서 생기는 오해도 있고, 직장에서의 역할과 가족으로서의 역할이 부딪히기도 하고. 그래서 그 시기가 솔직히 정말 힘들었어."

숙이 깊은 한숨을 내쉬었다.

"가족이라는 게 참 애매하지. 서로 도와야 한다는 책임감도 있고, 정서적으로도 의지하지만, 또 그게 일로 연결되면 오히려 관계가 더 어려워질 수도 있잖아."

나는 고개를 끄덕이며 말했다.

"맞아. 나도 그런 걸 그때 많이 느꼈지. 가족을 고용한다는 게 단순히 고용주와 직원의 관계가 아니라, 그 안에 감정과 기대가 얽히면서 더 복잡해지는 거더라고. 특히 조카는 내 방식이나 생각을 다 이해하지 못했을 수도 있어. 나도 내 나름대로는 최선을 다했지만, 그게 충분했는지는 잘 모르겠어. 조카에게 특히 미안하지."

숙이 조용히 말했다.

"그래도 가족이 도와준 덕분에 그 시기를 넘긴 거잖아. 어떻게 보면 그게 가장 중요한 거 아닐까?"

나는 고개를 끄덕였다.

"그렇지. 그 부분은 정말 고맙게 생각해. 그때 가족들이 아니었다면 장사를 포기했을지도 몰라. 하지만 동시에, 그 경험을 통해 가족과 일하는 게 얼마나 어려운지도 깨달았어. 그래서 지금은 혼자 하는 게 더 마음이 편하다고 느끼는 것 같아."

숙이 조용히 미소 지었다.

"그 경험이 너한테도 큰 교훈이 됐을 것 같아. 가족이라는 관계의 소중함과 함께, 거기서 오는 복잡함도 다시 한 번 알게 된 거잖아."

나는 천천히 커피를 한 모금 마셨다.

"맞아. 그때는 힘들었지만, 지나고 보니까 다 배우는 과정이었던 것 같아. 지금은 그 시기를 잘 견뎌냈다는 것만으로도 스스로 대견하기도 하고. 가족들이 그때 나를 도와줬던 고마움도 여전히 마음속에 남아 있고 말이야."

숙은 조용히 창밖을 바라보았다.

"성태야, 너 참 많은 걸 겪었구나. 그래도 결국, 너를 지탱해 준 건 가족과 친구들의 믿음이었네."

나는 천천히 고개를 끄덕였다.

"그렇지. 결국 내가 여기까지 온 건 내 혼자의 힘이 아니라, 나를 믿어준 사람들 덕분이야. 그 믿음이 있었기에, 지금도 계속 걸어갈 수 있는 거지."


## 사업장의 현실과 선택

"그럼, 물건을 팔 장소는 어떤 곳이었어?"

"응, 그냥 풀만 무성한 빈터 소위 나대지였어. 사무실은 컨테이너를 가져다 놓아서 해결했는데, 그중에서도 가장 기억에 남는 게 간이창고 문제야. 지금도 간이창고는 있지만, 사실 그게 불법

이거든."

숙의 눈이 커졌다.

"불법? 그럼 처음부터 알고도 설치한 거야?"

나는 잠시 숨을 내쉬었다.

"맞아, 알고 있었어. 그래서 그때 심리적으로 갈등이 엄청 심했지. 당시 나는 공로연수 기간이었으니까 아직 공무원 신분이었거든. 평생 법을 지키는 게 당연하다고 생각했던 내가, 이제 와서 법을 어기려 하니 마음이 쉽지 않더라고. 주변분들이 걱정해주며 아내의 이름으로 사업자 등록을 하면 어떻겠냐고 하더라고."

눈을 반짝이며 다시 물었다.

"그래서, 그렇게 했어?"

"내가 대단한 의지가 있어서가 아니라 그러면 안 될 것 같아서, 비겁한 것 같아서 그냥 내 이름으로 사업자등록을 해서 지금까지 온 거지."

숙은 이해한다는 듯 고개를 끄덕였다.

"그랬겠지. 평생 공직자로서 살아왔는데 그런 선택을 해야 한다는 게 얼마나 어려웠을지 알 것 같아."

"그렇지. 나는 계약까지 다 해놓고도 스스로 갈등이 정리가 안 돼서 결국 공사 업자한테 위약금을 물어가며 공사를 중지했었어. 그때는 힘들었어. 내가 과연 이렇게까지 해야 하나 싶기도 하고, 자꾸만 스스로를 책망하게 되더라고."

숙은 조용히 나를 바라보았다.

"그런데 결국은 간이창고를 설치했잖아? 어떻게 결정을 내리게 된 거야?"

멈추지 않는 도전이 인생을 빛나게 한다!

나는 씁쓸하게 웃었다.

"나중에 보니까, 이런 게 세상 물정에 적응하는 과정이더라고. 불법까지는 아니지만 편법이라고 해야 하나, 그런 선택을 해야 장사를 제대로 할 수 있겠더라고. 하지만 그 과정에서 내 마음속에서 계속 갈등이 있었어. 내가 살아오면서 지켜왔던 원칙과 현실 사이의 괴리감이 너무 컸어."

숙은 조용히 고개를 끄덕였다.

"원칙을 중요시해 왔는데 그걸 어겨야 했으니 정말 힘들었겠다."

"맞아. 그래서 그 일은 지금 생각해도 힘든 기억이야. 내가 세상 물정을 몰랐던 건 아닐 텐데도, 그때는 정말 내 양심과 현실 사이에서 하루하루가 전쟁 같았어. 결국, 간이창고를 설치하면서도 내 마음 한쪽에는 여전히 찝찝한 기분이 남아 있더라고."

숙은 잠시 생각하다가 말했다.

"그래도 그 선택이 장사를 위해 필요했던 거라면, 네가 그만큼 성장하고 세상을 배우는 과정이었다고 생각할 수도 있지 않을까?"

나는 조용히 고개를 끄덕였다.

"그런 면도 있겠지. 하지만 한편으로는 내가 평생 지켜온 원칙이 흔들리는 걸 직접 겪으면서 마음이 참 복잡했어. 지금은 어떻게든 지나갔으니 다행이지만, 그때는 정말 큰 시험대였던 것 같아."

# 도전의 시작

"가게를 열었으니 어떻게 알렸는지 궁금하네."

숙의 질문에 나는 웃으며 기억을 떠올렸다.

"숙아, 장사 처음 시작할 때 내가 진짜 숙맥이었거든. 지금도 숙맥이지만. 내 장사를 홍보하려고 플래카드를 만들어 붙이려고 거리로 나갔는데, 그게 생각보다 쉽지 않더라고."

숙이 고개를 갸웃했다.

"왜? 그게 뭐가 힘들었는데?"

나는 멋쩍게 웃었다.

"아니, 플래카드를 딱 들고는 나가긴 했는데, 막상 거리에 붙이려고 하니까 너무 부끄럽더라고. 그리고 그것도 불법이었고. 공무원 생활만 하다가 처음으로 이런 일을 하려니까 자신도 없고, 내가 이렇게까지 해야 하나 싶은 마음도 들고."

숙이 웃음을 터트렸다.

"그랬겠네. 평생 안정된 직장 생활만 하다가 갑자기 거리로 나가서 홍보를 한다는 게 어색했을 것 같아."

나는 깊은 한숨을 내쉬었다.

"맞아. 그래서 몇 번 나갔다가 그냥 붙이지도 못하고 다시 가게로 돌아오고 그랬어. 플래카드를 손에 들고 스스로한테 계속 묻는 거야. '내가 이렇게 해서 장사를 할 수 있겠나? 이런 마음으로 이걸 할 수 있겠어?' 그런 생각에 괜히 위축되더라고."

숙은 내 말에 집중했다.

"그런데 결국엔 붙였을 거 아니야? 아니면 포기했어?"

멈추지 않는 도전이 인생을 빛나게 한다!

나는 고개를 끄덕였다.

"붙이긴 했지. 그래도 마음 단단히 먹고 '이건 내가 선택한 일이니까 해야 한다'고 스스로를 다독였어. 그런데 그 과정을 겪으면서 참 많은 걸 느꼈어. 내가 얼마나 현실에 적응하지 못하고 살았는지, 또 세상 사람들한테 내 일이 얼마나 미미하게 보일지 몰라도 나한텐 큰 도전이었다는 걸 알게 됐어."

숙이 공감하며 말했다.

"음, 월급쟁이로 일할 땐 그런 일 할 일이 없으니까 그럴 수 있지. 그런데 오히려 그런 게 네가 새로운 환경에서 성장하는 과정이었을 수도 있겠네."

나는 미소를 지었다.

"맞아. 지금은 웃으면서 이야기할 수 있지만, 그때는 창피하고 어렵더라고. 거리 한복판에서 플래카드를 붙이려다 망설이던 내 모습이 자꾸 떠오르는데, 한편으론 그게 내가 변화를 받아들이는 첫걸음이었다는 생각도 들어."

숙이 웃으며 말했다.

"그런 작은 도전들이 모여서 지금의 네가 있는 거잖아. 처음엔 그랬어도, 지금은 이런 얘기를 자연스럽게 할 수 있는 너를 보면 대단하다고 느껴."

나는 그녀를 바라보며 고개를 끄덕였다.

"고맙다, 숙아. 그런 과정들을 겪으면서 나도 세상에 한 발 더 나아가는 방법을 배웠던 것 같아. 지금도 턱없이 부족하지만 말이야."

나는 커피잔을 들어 천천히 한 모금 마셨다. 창밖에는 저녁노을
이 아름답게 퍼지고 있었다.

멈추지 않는 도전이 인생을 빛나게 한다!

장면 2

# 창경궁, 화창한 봄날

서울대병원 암센터 맞은편, 창경궁.

병원 3층 창문 너머로 바라보던 풍경이 마음 한구석을 채웠다.

그 창밖 풍경을 보며 많은 시간을 버텼다. 그리고 오늘, 나는 진료를 마치고 직접 창경궁 벤치에 앉아 숙이를 기다리고 있다.

숙이 천천히 다가왔다.

"성태야, 여기 있었구나."

나는 미소 지으며 고개를 끄덕였다.

"어서 와. 병원에서 창경궁을 보며 위안을 삼았는데, 오늘 이렇게 직접 보니 더 좋다."

"치료는 잘했구?"

"응, 여러 설명을 하는데, 뭐 비교적 관리가 잘 되고 있대."

숙은 내 옆에 앉아 벚꽃을 바라보았다.

멈추지 않는 도전이 인생을 빛나게 한다!

바람이 불어 벤치 위로 꽃잎이 떨어진다.

우리는 한참 동안 말없이 꽃이 지는 모습을 지켜보았다.


## 첫 거래

나는 잠시 생각하다가 어두운 분위기를 떨치려고 숙에게 질문을 던졌다.

"숙아, 살면서 가장 기뻤던 순간이 언제였어?"

숙이 잠시 고민하더니 답했다.

"결혼했을 때, 그리고 첫 아이가 태어났을 때."

나는 미소를 지으며 말했다.

"나도 비슷해. 그런데 최근에 제일 가슴 벅찼던 순간은 2015년 10월 17일, 우드펠릿을 처음 팔고 돈을 받았을 때야. 온양 리버호텔 사장님에게 10포를 팔고 7만 원을 받았어. 평생 처음으로 물건을 팔아본 거야. 신세계에 발을 디딘 거지."

숙이 감탄하며 말했다.

"그랬구나. 내 가슴이 다 뛰는 것 같다, 야."


그랬다. 단순한 7만 원이 아니었다. 공무원으로서 40년을 보냈던 내가 전혀 새로운 세계에서 벌어들인 첫 열매. 그 돈을 손에 쥐었을 때, 가슴 한편에서 설명할 수 없는 감정이 차올랐다. 설렘, 흥분, 그리고 두려움까지.

# 우드펠릿, 목재펠릿, 펠릿

나는 숙을 바라보며 갑자기 생각난 듯 말했다.

"숙아, 사실 우드펠릿 얘기를 하다 보니까 뭔가 빠진 것 같아서 말이야. 나는 매일 다루는 일이라 익숙한데, 너는 우드펠릿이 뭔지도 잘 모르잖아?"

숙이 웃으며 고개를 끄덕였다.

"맞아. 그래서 좀 더 자세히 알고 싶어. 우드펠릿이 정확히 뭔데?"

나는 설명을 시작했다.

"우드펠릿은 톱밥이나 대팻밥 같은 목재 찌꺼기를 잘게 부수고 압축해서 만든 작은 원통형 연료야. 압축하면 열효율도 높아지고, 태우면 재도 거의 남지 않아서 난방용으로 쓰기 딱 좋아. 게다가 친환경적이기도 하고. 그러다가 알게 된 건데, 우드펠릿이 동물 베딩용이나 양봉업자가 꿀 채취할 때 벌 쫓는 용도로도 쓰이더라고. 그렇지, 캠핑족들 불멍용으로도 쓰이고."

숙이 고개를 끄덕였다.

"그런데 너도 처음엔 우드펠릿이 뭔지 잘 몰랐을 거 아니야. 공부도 꽤 했겠네?"

나는 웃으며 말했다.

"그럼. 처음엔 서적도 찾아보고, 산림청, 산림과학원, 에너지 연구소 같은 곳에도 문의했어. 그런데 놀랍게도 에너지 연구소에서 담당자 중 한 명이 내 고등학교 동창이었던 거야."

숙이 놀랐다.

"와, 그런 인연이 다 있네. 그 친구가 도움도 많이 줬겠다."

"맞아. 이론적으로도 큰 도움을 받았고, 연구용 시료도 납품하게 해줬어. 초창기에 정말 큰 힘이 됐지. 그런데 지금은 종진이 그 친구가 퇴직하고 목사가 됐다더라."

숙은 놀라며 말했다.

"진짜 재밌는 인연이다. 그런데 그런 이론적인 도움만으로 되는 게 아니잖아. 네가 직접 해본 것도 많을 것 같은데."

나는 웃으며 답했다.

"그럼. 직접 난로에 펠릿을 태워보고 꼼꼼히 테스트했어. 연소 온도, 재의 양, 연소 시간까지 하나하나 기록했지. 사실 지금도 새 연료가 도착하면 꼭 연소 테스트를 해. 냄새도 맡아보고, 물에 넣어서 풀어지는 정도도 관찰하고, 심지어 맛도 본다니까."

숙이 깜짝 놀랐다.

"맛까지? 대단하다. 그런데 왜 그렇게까지 하는 건데?"

나는 진지하게 답했다.

"그래야 자신감을 갖고 고객들한테 권할 수 있거든. 고객이 물어보면 정확히 답해야 신뢰를 얻을 수 있어. 경험과 데이터를 바탕으로 설명하면 설득력이 훨씬 높아지니까. 참고로 날씨와 풍속 기압도 기록했지. 그게 무슨 관련 있는지 나도 모르지만 말이야. 하하."

숙은 감탄하며 말했다.

"뿐만 아니야, 우드펠릿 공급하는 데가 정말 많아. 제품도 국산뿐 아니라 수입산도 있고, 창원, 용인, 괴산, 무주, 평택 같은 곳을 몇 번씩 다녀왔어."

숙이 눈을 동그랗게 떴다.

"성태야, 국산에 수입산까지 다양하다니, 어디 하나 쉽지 않았겠다. 창원, 용인… 이런 데를 다 돌아다녔다고? 그것도 몇 번씩? 듣기만 해도 만만치 않았겠는데."

나는 웃으며 고개를 끄덕였다.

"그러니까. 처음엔 그냥 그냥 하면 될 줄 알았어. 그런데 막상 닥치니까 이리저리 뛰게 되더라고. 처음에는 슬슬 해보려 했는데, 결국 온몸을 던져서 하게 되더라."

숙이 피식 웃었다.

"그게 성태 스타일 아니겠어? 처음엔 대충하려고 했다가 결국은 열정적으로 몰입하는 거. 너답다, 진짜."


## 절세와 탈세 사이에서

숙이 물었다.

"막상 장사를 하면서는 어떤 게 또 어려웠어?"

나는 한숨을 내쉬었다.

"숙아, 장사 한철 지나고 나니까 세금 문제가 참 애매하더라고. 처음엔 아무것도 모르고 시작했는데, 세금이라는 게 장사를 하면 피할 수 없는 일이잖아?"

숙은 공감하며 고개를 끄덕였다.

"그랬겠지. 근데 세금이 왜 그렇게 힘들었는데?"

멈추지 않는 도전이 인생을 빛나게 한다!

"우리가 혼히 절세라고 하지만, 엄격히 따지면 탈세로 볼 수도 있는 부분이 있잖아. 그 경계가 참 애매하더라고. 나도 장사를 하면서 그런 부분에서 갈등이 많았어. 어떻게 하면 합법적으로 세금을 아끼면서도 떳떳하게 할 수 있을까 하고 말이야."

숙이 말했다.

"공무원 출신으로선 더 민감하게 느껴질 법하다."

나는 고개를 끄덕였다.

"맞아. 그래서 나는 공인세무사를 이용했어. 사실 이 조그만 장사를 하면서 세무사까지 맡길 일은 아니었을지도 모르겠지만, 그게 마음의 위안이 되더라고. '내가 번 만큼은 정당하게 내자' 이런 마음으로 말이야."

숙이 미소 지었다.

"그게 정답이지. 마음이 편해야 오래 장사하지."

나는 창경궁 벚꽃이 흩날리는 모습을 바라보며 말했다. "맞아. 이제는 돈보다 마음이 편한 게 더 중요하더라고."

바람에 흩날리는 꽃잎처럼, 그렇게 내 고민도 조금은 가벼워지는 듯했다.


## 정신노동에서 육체노동으로, 손톱의 때

숙이 조용히 웃으며 말했다.

"지금까지는 머리 아픈 이야기였고, 몸은 잘 적응했어?"

나는 고개를 저었다.

"아니지, 체력적으로도 엄청 힘들었어. 평생 내가 노동이라는 걸 해봤겠냐? 우체국에서 펜대 잡고 서류 정리하던 게 전부였지. 몸을 써서 하는 일은 거의 처음이었어."

숙이 고개를 끄덕였다.

"그랬겠지. 그런데 얼마나 힘들었길래 그래?"

나는 깊은 숨을 내쉬었다.

"우드펠릿이 보통 20kg짜리야. 15kg, 18kg도 있는데, 그걸 하루에 200포, 300포씩 실어야 했으니까 진짜 죽는 줄 알았지. 한참 일하다 보니까 손톱에 피멍이 들고, 심지어 손톱도 부러지고, 손, 어깨. 허리가 성할 날이 없더라고."

숙이 걱정스러운 얼굴로 물었다.

"진짜 힘들었겠네. 그런데 그걸 어떻게 버텼대?"

나는 헛웃음을 지으며 말했다.

"뭐랄까… 나는 일을 잘하진 못하는데, 그냥 하는 거야. 완벽하게 하려는 것도 아닌데, 이상하게 꾸준히 하다 보니 여기까지 왔어. 하하하."

숙이 미소 지으며 말했다.

"너 원래 그런 스타일이긴 하지. 그 꾸준함으로 여기까지 온 거 아니야?"

나는 생각에 잠긴 듯 말했다.

"글쎄, 꾸준한 게 좋기도 하고 가끔은 바보 같기도 해. '왜 이렇게까지 하지?' 싶으면서도 멈추질 못하겠어. 그냥 가게가 돌아가고, 손님이 있고, 내가 할 일이 있으니까 묵묵히 하게 되는 것 같

멈추지 않는 도전이 인생을 빛나게 한다!

아. 어렸을 때 물고기 잡는 걸 좋아했는데, 먹지는 않았거든. 잡는 행위를 즐기는 거지. 가끔 내 장사도 그런 것 같아. 돈을 버는 것보다, 버는 과정을 즐기는 것 같아."

숙이 고개를 끄덕였다.

"그래, 그 이야기가 너의 태도를 참 잘 보여주는 것 같다야."

나는 웃으며 말했다.

"후후, 장사꾼을 위한 변명이지."


## GS CUSTOMER - 고객님은 언제나 옳다

숙이 호기심 가득한 눈으로 물었다.

"우체국에 있었으니 손님 맞는 건 익숙했을 테지만…."

나는 고개를 끄덕였다.

"그렇지. 익숙했지. 많이 도움도 됐고. 하지만 장사를 하면서 경험한 고객 응대는 좀 달랐어. 우체국에서는 기본적으로 시스템이 있고 규정이 있었지만, 장사에서는 손님이 규정이고 법이더라고."

숙이 웃으며 말했다.

"그럼, 알지. 너도 펠릿 장사하면서 별별 손님을 다 만났을 것 같은데?"

나는 피식 웃었다.

"있었지. 많이 있었지. 그런데 나는 그런 손님들도 고객의 권리라고 생각하기로 했어. 나의 부족한 점을 알려주는 고마운 분들이라고 생각하니까 마음이 좀 편해지더라."

숙이 감탄하며 말했다.

"그래, 장사하면서 이런저런 일 다 겪으니까 네 태도도 바뀐 거네."

나는 쓸쓸하게 웃었다.

"그렇지. 그런데 솔직히 불만 고객은 지금도 피하고 싶어. 누구라도 그렇지 않을까? 그런데 요즘은 장사가 잘 안 되니까, 그런 손님이라도 많이 와줬으면 싶더라."

숙이 깜짝 놀라며 웃었다.

"뭐? 너 진짜 그렇게까지 생각하는 거야? 하하, 웃기다."

나는 진지한 얼굴로 말했다.

"진짜야. 예전에는 그런 손님들 오면 속으로 '아, 제발 저런 사람 좀 안 왔으면 좋겠다' 했거든. 그런데 지금은 '그래도 와서 뭐라도 좀 사주면 좋지 않을까?' 하는 생각이 들더라."

숙이 폭소를 터뜨렸다.

"참, 인간이 간사하다더니 딱 너 같은 경우를 두고 하는 말인가 보다."

나는 깊은 한숨을 내쉬었다.

"그럴지도. 요즘은 손님 자체가 귀하게 느껴지더라고. 돈이 문제라니까."

숙이 고개를 끄덕이며 말했다.

"그럼 너도 어디 가서 진상 손님처럼 굴었던 적이 없나 돌아보게 되겠네?"

나는 피식 웃었다.

멈추지 않는 도전이 인생을 빛나게 한다!

"솔직히 있지. 예전에 성모병원에서 맹장염 치료 받을 때 순서대로 안 해준다고 고객센터에 강하게 불만을 제기했었거든. 그런데 다음에 갔더니, 순서도 아닌데 나를 먼저 불러주더라고. 그때 얼마나 창피하던지. 처제가 간호사인데, 그때 알려줬어. 내 진료 카드에 'GS'라고 표시된 거래."

숙이 눈을 동그랗게 떴다.

"GS? 그게 뭔데?"

나는 씁쓸하게 웃으며 말했다.

"진상. 그렇게 표시해 둔다는 거야."

숙이 박장대소했다.

"아, 세상에. 네가 그런 걸 당해보니까 장사하면서 그게 얼마나 힘든지 더 실감했겠네?"

나는 진지하게 고개를 끄덕였다.

"맞아. 그래서 요즘은 내가 어디 가서 뭘 사든, 뭘 먹든 최대한 예의를 지키려고 해. 다른 사람한테 스트레스 주는 일이 없어야 겠다는 생각이 들어서 말이야."


## 온실과 광야

숙이 물었다.

"어쨌든 월급쟁이와 장사꾼은 많이 달랐겠지?"

"그럼. 지나고 보니까 장사에 비하면 월급쟁이는 온실 속 화초 같더라고. 내가 조직을 위해서 장사할 때처럼 맹렬하게 고민한

적이 있었던가? 뒤돌아보게 되더라고."

숙이 공감하며

"그거야말로 장사하면서 깨닫게 된 거겠지. 그 생활이 안정적이기는 하잖아. 온실 속 화초라는 표현이 딱 맞는 것 같아."

나는 씁쓸하게 웃었다.

"맞아. 장사하면서 깨달았어. 그때는 정해진 틀 안에서 살았고, 월급은 꼬박꼬박 들어왔으니까 큰 고민 없이 살았던 것 같아."

"그때는 조직에서 네 역할만 하면 됐지만, 장사는 다르잖아. 더구나 1인 사업장이니 모든 걸 네가 책임지고 결정해야 하니까. 그 차이가 크지."

나는 고개를 끄덕이며 말했다.

"그래서 생각해. 내가 장사하면서 이렇게 고민하고 고생하는 만큼, 공무원 시절에도 그렇게 열심히 했더라면 어땠을까 하고. 그때는 안정만 추구했지, 정말로 뭔가를 이루기 위해 몸을 던져본 적은 별로 없었던 것 같아."

숙이 미소를 지으며 말했다.

"이제 와서 후회할 필요는 없잖아. 장사하면서 배운 게 더 많은 것 같네."

나는 고개를 끄덕이며

"맞아. 후회만 하기엔 지금도 배워가는 게 많아. 장사나 농사를 통해서라도 내가 뭔가를 고민하고 결정하는 법을 배우고 있으니까. 이게 내 새로운 배움의 시간이라고 생각하려고 해."

숙이 힘차게

"긍정 모드, OK!"

멈추지 않는 도전이 인생을 빛나게 한다!

나는 웃으며 벚꽃이 흩날리는 창경궁을 바라보았다.


## 각자의 삶 속에서, 서로를 응원하며

"내 이야기만 일방적으로 해서 미안하네."

"미안하긴 뭘. 네 얘기 듣는 게 재밌고, 또 배울 것도 많아. 내가 네 얘기 듣는 걸 좋아하잖아."

그래도 너무 내 이야기만 한 것 같아 찜찜했다. 숙의 이야기도 듣고 싶었다.

"네 얘기도 들어야 하는데, 요즘 어떻게 지내?"

"나야 뭐 늘 비슷하지. 골프는 좀 줄였어. 대신 동네 친구들이랑 산책하고, 소소한 모임에 나가고, 딸들이랑 여행도 다니고."

"네가 골프 좋아하던 거 생각나네. 계속하면 재미있긴 하겠지만 체력적으로도 부담이 될 텐데, 산책 같은 게 더 좋지 않아?"

"맞아. 골프는 재미있지만 가끔 너무 힘들더라고. 그래서 요즘은 조용히 다니는 걸 더 즐기는 것 같아. 그런데 너랑 통화하면 내가 너무 평범하게 사는 것 같아 부끄러워질 때도 있어."

"부끄럽긴. 그냥 각자 삶의 방식이 다른 거지. 나는 내 방식대로 바쁘게 살았지만, 네가 지금처럼 여유를 즐기며 사는 것도 훨씬 지혜로운 거야. 가끔 너처럼 사는 게 더 나았을 것 같다는 생각도 들어."

"나도 네 얘기 들으면 가끔은 뭔가 더 도전하면서 살았어야 했나 싶기도 해. 그런데 결국은 각자 자기 길을 걷는 거잖아. 네가 그렇게 열심히 살았으니 지금 이렇게 멋진 이야기를 만들어 가는 거고, 나도 내 방식대로 행복하게 살아온 거고."

"맞아. 이렇게 서로 다른 삶을 살면서도 이야기를 나눌 수 있는 게 참 좋다. 너랑 얘기 나누고 나면 마음이 한결 편안해지는 것 같아."

"나도 그래. 네 얘기 들으면서 많이 배우고, 나도 더 열심히 살아야겠다는 생각이 들어. 우리 앞으로도 이렇게 자주 얘기 나누자."

갑자기 장난기가 발동해서 이렇게 말했다.

"네 남편이, 우리 아내가 질투하겠다."

"에이, 그럴 리가. 너희 와이프가 나를 얼마나 잘 아는데. 질투는 무슨."

"아니야, 우리 아내가 은근히 그런 데 예민해. 너랑 통화 오래 하면 '또 숙이랑 얘기했어?' 하고 살짝 묻는다니까."

"진짜? 우리 남편도 가끔 그래. '또 성태 씨랑 전화했어?' 하면서 슬쩍 물어보더라니까. 웃기지?"

"참… 어쩌면 둘 다 은근 신경 쓰는 것 같아."

"그렇지. 그래도 우리는 정말 친구로서 얘기 나누는 거잖아. 남편이나 와이프한테도 그걸 잘 알릴 필요는 있는 것 같아."

"맞아, 맞아. 그래도 네가 남편이랑 잘 지내는 걸 보면 안심이 돼. 나는 네가 항상 행복했으면 좋겠다 생각해."

"고맙다, 성태야. 너도 잘 지내야지. 너희 와이프도 참 멋진 사람이고, 네가 이렇게 열심히 사는 것도 결국은 가족을 위한 거 아

멈추지 않는 도전이 인생을 빛나게 한다!

니겠어?"

"그렇지. 그래도 네가 가끔 이렇게 내 얘기 들어주고 조언해주는 게 큰 힘이 돼."

"나도 네 얘기 듣는 게 참 좋아. 우리 둘 다 각자 자리에서 잘 지내고 있는 거니까 그냥 지금처럼 가면 되는 거지 뭐."

"그래, 우리 각자 자리에서 열심히 살면서 이렇게 가끔씩 얘기 나누는 걸로 충분히 좋다."

초등학교 친구 인범이가 파크골프를 해보라고 계속 권유했었다. 숙이 경험이 있을까 싶어 물었다.

"파크골프 해봤어?"

"응, 나도 해봤어. 요즘 꽤 인기 있더라. 간단하면서도 운동 되니까 괜찮아. 너도 한 번 해보는 거 어때?"

"난 골프도 딱 6개월 쳐봤는데 파크골프는 좀 다르겠지?"

"골프랑 비교하면 훨씬 쉽지. 규칙도 간단하고 장비도 간소화되어 있어서 누구나 쉽게 할 수 있어. 골프채도 가볍고 공도 크잖아. 초등학생도 할 수 있을 정도야."

"그럼 나처럼 나이 많은 사람도 하기에 괜찮겠네?"

"물론이지. 특히 너처럼 정적인 사람이 하기 딱 좋아. 자연 속에서 걷는 것도 많고, 집중력도 키우고, 가볍게 경쟁도 하면서 스트레스 풀기에 딱이야."

"듣고 보니 꽤 매력 있는데? 그런데 장비는 비싸지 않아?"

"아니야. 골프처럼 비싸지도 않아. 기본 세트만 있으면 되고, 파크골프장은 대개 공공시설이라 이용료도 저렴해."

"그럼 한 번 시도해볼까? 너도 가끔 하러 가니?"

"요즘은 바빠서 잘 못 가는데, 전에 할 때는 꽤 재미있었어. 특히 친구들이랑 같이 하면 더 좋아. 너도 친구랑 한 번 나가봐. 금방 빠져들걸?"

"그래, 친구가 하도 권하니까 한 번 해보는 걸로 해야겠네. 몸도 좀 움직이고."

"맞아. 너한테도 좋은 기회가 될 거야. 하면 나한테 후기 꼭 말해줘."

"알았어. 그럼 나중에 같이 운동할 기회도 생기려나?"

"그럼! 언제든 불러. 내가 가르쳐줄게."

바람이 불어 벚꽃이 살며시 흔들렸다. 창경궁의 봄날은 그렇게 따뜻했다. 서로 다른 길을 걸어왔지만, 이렇게 다시 만나 삶을 이야기하는 것이 오랜 친구가 줄 수 있는 가장 큰 선물이었다.


## 장사의 본질, 그리고 남는 것

돈 많이 버셨어요?
이 질문, 의외로 자주 듣는다.

"전에 너도 물어봤지만, 장사해서 얼마 벌었느냐 묻는 사람들이 가끔 있어."

숙이 피식 웃었다.

"그거 참 민감한 질문인데, 가끔 그런 거 물어보는 사람들 있지?

뭐라고 대답해?"

"처음엔 좀 껄끄럽더라. 그냥 웃으면서 '벌긴 벌었지, 그런데 얼마 남았는지는 잘 모르겠어'라고 둘러대."

"하긴, 돈만 보고 장사를 하는 건 아니잖아. 너도 나름의 이유가 있을 텐데."

"맞아. 물론 돈 벌려고 시작한 건데, 하다 보니 그게 전부가 아니더라고. 벌 때도 있고, 잃을 때도 있고, 특히 처음 시작할 땐 잘 모르고 사기도 몇 번 당했잖아."

숙이 고개를 끄덕였다.

"그 얘기 들었지. 돈 떼인 얘기도 했었잖아. 그래도 너는 10년 동안 꾸준히 해왔으니 대단한 거야."

"고맙네. 그런데 그럴 때마다 돈을 떠나서 그냥 '내가 버틴 게 어디야'라는 생각을 해. 특히 위암 수술하고 나서도 장사를 계속했다는 게 스스로 대견하다고 느껴지기도 하고."

"맞아. 돈보다는 너 자신을 위한 도전이기도 했잖아. 그래도 솔직히, 큰 수익은 아니어도 어느 정도는 남겼을 거 아니야?"

"그렇지. 하지만 생각만큼은 아니야. 한참 바쁠 때는 하루에 천여 포씩 팔고, 겨울 한철은 정신없이 보냈지만, 또 비수기엔 한산하잖아. 막상 장사를 시작하고 알게 된 것은, 비용은 내가 생각한 것의 2배가 되고, 수익은 그 반대로 절반이더라구. 지금은 그냥 용돈 보태는 정도?"

"충분히 잘하고 있는 거야. 장사가 쉽지 않은 거 아는데, 너는 끝까지 책임감 있게 해왔잖아."

나는 한숨을 내쉬었다.

"그래서 그런 질문을 받을 때 이제는 그냥 '내 인생을 벌었다'고 대답하려고 해. 돈보다 더 중요한 경험을 얻었으니까."

숙이 미소 지었다.

"그 대답 좋다. 사람들은 돈 얘기를 하면서도 사실 네가 어떤 삶을 살았는지가 더 궁금할 거야."


## 자영업자의 로망, 내 건물에서 내 사업

숙은 눈을 동그랗게 떴다.

"근데 장사하려고 빌린 땅 주인에게 월 임대료 100만 원씩 냈다면서? 그럼 10년이면 1억이네?"

"그래서 나도 1억 벌었다고 너스레 떨지. 물론 부가세도 1억 낸 거나 마찬가지고."

"그러면 세금까지 합치면 꽤 큰돈이네. 그런데 네가 벌었다는 1억이랑 세금 낸 1억은 어떻게 봐야 하나?"

나는 웃었다.

"하하, 그러니까 내가 너스레 떤다고 하는 거지. 엄격히 말하면 고객님들에게서 세금을 걷어서 내가 나라에 낸 거지."

"근데 그렇게 보면 딱히 남는 게 없잖아?"

"그렇지. 뭐 남는 건 없을지 몰라도, 그 사이에 나도 얻은 게 많다고 생각해. 그냥 돈만 보고 했다면 벌써 그만뒀을 거야. 그동안 배운 것도 많고, 사람도 많이 만났잖아."

"그래도 그 임대료나 세금이란 이름으로 나간 돈을 생각하면 속이 쓰리진 않아?"

"쓰리긴 하지. 특히 초반에는 그런 고정비용이 너무 부담스러웠어. 세상의 이치나 장사의 이치도 마찬가지더라구. 싸고 좋은 물건도 있겠지만 쉽지 않지. 그것처럼 100만원 월세를 내면 100만원을 벌고, 10만원 월세를 내면 그만큼 버는 게 장사의 이치, 세상의 이치더라구. 그래도 시간이 지나면서 '이게 장사의 현실이구나' 하고 받아들이게 되더라고."

숙이 고개를 끄덕였다.

"결국 너도 돈보다 더 중요한 걸 얻었다고 생각하는 거지?"

"맞아. 돈으로는 안 되는 경험과 관계를 얻었으니까. 물론 가끔은 '내가 이렇게 열심히 했는데 이 정도밖에 안 남았나' 싶을 때도 있긴 해."

숙이 웃으며 말했다.

"네 너스레와 농담이 결국 너를 있게 하는 힘이었던 것 같아. 1억 냈고, 1억 벌었다는 말도 그렇게 들리네."

"그렇지. 그러니까 농담처럼 넘기면서도, 속으론 '그래도 내가 해냈다'는 자부심 같은 게 있어. 그게 버틴 비결 같아."


## 장사꾼의 거짓말, 그리고 진실

"그래도 밑지면 안 되지, 안 그래?"

"당근, 장사를 권유한 내 친구가 그랬어. 1년 벌어도 밑져도 천만 원 정도일 거라 했는데, 그게 얼추 맞아떨어진 거지. 네 말대로 밑지지는 않았어."

"그 친구 말이 꽤 정확했네. 1년에 천만 원 정도 남길 거라고 한 게 실제로 딱 맞아떨어졌다니, 그 친구가 장사를 오래 해서 그런지 감각이 있나 봐."

"그러게 말이야. 처음에 그 친구가 그렇게 말했을 땐 반신반의했어. '진짜 그렇게 될까?' 싶었지. 근데 막상 지나고 보니까 얼추 계산이 맞더라고."

"그래도 그 정도 남기려고 그렇게 고생한 건 조금 아쉽지 않아? 그동안 몸도 많이 힘들었을 텐데."

"아쉽긴 하지. 몸으로는 힘들었지만, 그래도 그 친구 말대로 밑지지 않고, 이 정도 해냈다는 게 어딘가 싶기도 해. 장사를 시작할 때는 그저 소일거리라고 생각했는데."

"네가 그 친구 말을 믿고 시작한 것도, 그리고 이렇게 해낸 것도 대단한 것 같아. 보통은 중간에 그만두는 경우도 많잖아."

"맞아. 솔직히 중간에 그만둘까 생각도 몇 번 했어. 위암 수술 때도 그랬고, 장사가 잘 안 될 때도 고민했지. 근데 그럴 때마다 그 친구가 '괜찮다, 꾸준히 하다 보면 결국 자리 잡을 거다' 하고 격려해 줘서 버틸 수 있었던 것 같아."

"그 친구가 진짜 고마운 존재네. 단순히 권유만 한 게 아니라 네가 힘들 때마다 응원도 해주고."

나는 고개를 끄덕였다.

"맞아. 그래서 그 친구한테는 지금도 고맙게 생각해. 근데 그 친구는 지금 장사 접었어. 하하."

숙이 깜짝 놀라며 웃었다.

멈추지 않는 도전이 인생을 빛나게 한다!

"뭐야, 지금은 안 한다고?"

"응, 한참 전에 그만뒀어. 장사 오래 해서 다 익숙할 줄 알았는데, 그 친구도 결국엔 '장사는 적당히 하고 다른 걸 하자' 하고 그만뒀지."

"그럼 너도 이제 좀 쉬어야 하는 거 아니야? 그 친구처럼 적당히 하고."

"그러게. 요즘은 나도 좀 쉬어야겠다는 생각이 들긴 해. 근데 막상 손에 익은 걸 놓는 게 쉽지 않더라. 그래도 이제는 조금씩 내려놓을 준비를 해야지."

숙이 따뜻하게 말했다.

"장사하면서도 내려놓고 싶은 날이 물론 있었겠지?"

나는 테이크 아웃 커피를 내려놓으며 창밖을 바라보았다. 봄바람이 살며시 불었다.

"그렇지. 이제 그걸 인정해야 할 때가 온 것 같아."


## 제일 힘든 날

"그럼, 내가 장사하면서 제일 힘들었던 날이 뭔지 맞혀봐."

"음… 일이 너무 많았던 날? 아니면 진상 손님이 온 날?"

"아니, 장사꾼한테 제일 힘든 날은 손님이 거의 안 찾는 날이지. 일도 없는 하루가 끝나면 몸은 쌩쌩한데 마음은 그냥 완전히 지치더라."

숙은 고개를 끄덕였다.

"하긴, 장사라는 게 결국 돈이 사람 마음을 흔드는 거니까. 그래도 네가 이렇게 꾸준히 해낸 거 보면 대단해."

"고맙다, 숙아. 사실 이런 날들 덕분에 내가 더 단단해진 것 같긴 해. 근데 솔직히 자주 겪고 싶진 않다. 그리고 대단하다는 말은 자꾸 하지 마. 듣기엔 좋은데 뭔가 부끄럽다니까. 내가 대단하긴 뭐가 대단하겠어."

"왜? 너 진짜 대단한 거 맞아. 은퇴하고 장사 시작해서 10년 넘게 버텼다는 것만으로도 쉽지 않은 일이야. 부끄러워하지 말고 좀 인정해."

"흠, 그래도 뭔가 쑥스러워. 네 앞에서 대단하다는 소리를 듣는 게 익숙하지 않아서 그런가 봐. 뭐, 그래도 네가 그렇게 말해주니 기분은 좋다."

"그러니까 그냥 받아들여. 넌 정말 잘하고 있는 거야. 요즘은 어때?"

"많이 팔렸던 해에는 3만6천 포도 팔렸는데, 이번 시즌에는 겨우 2만 포 팔렸어."

"진짜? 그 정도밖에 안 팔린다고? 날씨 때문인가? 사람들이 덜 추우니까 덜 사는 걸까?"

"그것도 있지. 난로를 덜 쓰니까. 근데 그것만이 아니라 요즘 경기도 안 좋고, 식당 같은 데서도 펠릿 수요가 거의 없어. 그러다 보니 더 힘들어."

"정말 요즘 상황이 안 좋구나."

"손해라기보단, 겨우 유지하는 정도? 근데 이렇게 힘들면서도 어떻게든 현상 유지하고 있잖아. 내가 참 미련하다는 생각도 들

멈추지 않는 도전이 인생을 빛나게 한다!

어."

숙이 피식 웃었다.

"네가 미련하기는 하지, 하하. 근데 견디기가 어디 그뿐이겠니."

## 작전명령 640, 버티기

"그래, 혹시 내가 군대 간 아들과 주고받은 편지로 엮은 책,『작전명령 640』읽어봤던가? 그 책에서 제일 많이 등장한 단어가 뭔지 알아?"

"버틴다?"

"맞아. '버틴다'라는 말이 책 속에서 가장 많이 나와."

"'버틴다'라는 단어가 좀 무겁게 들릴 수도 있겠다."

"그렇지. 어찌 보면 부정적인 단어야. 희망적이고 긍정적인 느낌보다는, 그냥 어떻게든 참고 견디는 느낌이잖아. 근데 그땐 그 단어밖에 떠오르지 않더라. 내가 보낸 편지도 그렇고 아들 편지도 그렇고."

숙이 조용히 생각에 잠겼다.

"'버틴다'라는 게 단순히 부정적인 것만은 아닐지도 몰라. 그 자체로 강한 의지나 끈기를 담고 있는 단어잖아. 물론 그 당시엔 힘들었겠지만."

"맞아. 지금 생각하면 참 재밌어. 그 단어가 우리 부자의 대화 속에 그렇게 자주 등장할 줄은 몰랐거든. 아마 그때 나나 아들이나 다른 걸 생각할 여유가 없었을 거야. 버틴다는 게 하루하루 살아가는 방식이었지."

"그래도 그런 단어가 자주 나왔다는 건, 서로 의지하고 있었다는 거 아닐까? 네가 그런 단어를 자주 쓴 건, 아들에게 '내가 너랑 같이 버티고 있다'는 메시지를 보내고 싶었던 거 아니야?"

"그렇게도 볼 수 있겠네. 그 단어가 당시엔 무거웠지만, 지금은 오히려 뿌듯한 느낌이 들기도 해. 우리가 그렇게 '버티며' 여기까지 왔으니까. 그래, 나도 그렇게 버틴 거야. 여러 요인이 있겠지만, 첫째는 말이지… 내가 잘생겼다는 거야. 흐흐흐."

숙이 어이없다는 듯 웃음을 터뜨렸다.

"아유, 진짜. 이 타이밍에 그런 얘기를? 근데 웃긴 게 뭐냐면, 네가 그렇게 얘기하면 또 왠지 설득력이 있어 보여. 어쩌면 그 자신감이 네가 버틸 수 있었던 원동력 중 하나일지도 모르겠다."

나는 장난스럽게 웃으며 말했다.

"하하, 농담 반 진담 반이긴 한데, 가끔은 그런 억지 긍정도 필요하잖아? 나 스스로를 위로하고 웃게 만들려면 말이야. 장사하면서 힘든 날도 많았지만, 내 스스로를 깎아내리지 않고 '그래도 난 괜찮아' 이렇게 말하면서 버틴 것도 큰 힘이 됐지."

"맞아, 웃을 일 없는 상황에서도 웃으려고 노력하는 게 얼마나 중요한데. 네가 그걸 잘 해낸 거네."

"그래, 장사하는 동안 웃음이 없었으면 벌써 지쳤을 거야. 그리고 또 다른 이유는… 아마 네가 이렇게 대화 상대가 되어주는 것도 한몫했겠지."

숙은 피식 웃었다.

"에이, 또 그런 말 하면 내가 또 괜히 기분 좋아지잖아. 근데 진

멈추지 않는 도전이 인생을 빛나게 한다!

짜야?"

"물론이지. 이렇게 서로 농담도 하고, 가끔 진지한 얘기도 나누면서 내가 의지하는 데 힘이 됐겠지."

"그럼 앞으로도 계속 대화해주길 바랄게. 웃으면서, 잘생긴 얼굴 유지하면서 말이야!"

나는 숙을 바라보며 웃었다. 창밖에는 벚꽃이 흩날리고 있었다.

**견디는 것은 지치는 일이지만, 함께 하는 것은 희망이 된다.**
**그렇게 우리는 또 하루를 견디고, 살아가고 있었다.**

『작전명령 640』, 2015. 5. 8. 출간


## 시장에서의 생존법

"농담 치우고 진지하게 이야기해 보자면, 우드펠릿 시장에서 내 주요 경쟁자는 산림조합 정도야. 사실 이게 딱히 규모가 큰 시장도 아니고, 고객층도 정해져 있어서 경쟁 구도가 좀 단순하지."

"그래, 산림조합은 국가 지원도 있고 좀 탄탄하잖아? 대전펠릿은 네가 늘 언급하던 그 '놀이터' 같은 곳이고."

"맞아. 산림조합은 말 그대로 정부 지원에다 공신력까지 있어서 경쟁 자체가 쉽지 않아. 고객들이 믿고 찾아가는 곳이거든."

"결국 시장 자체가 한정적이고, 고객층도 꾸준히 늘어나기가 쉽지 않다는 말이네."

"그렇지. 특히 요즘은 고객들 수요 자체가 줄어든 것 같아. 옛날에는 한 집에서 겨울 동안 몇 백 포씩 썼는데, 이제는 난방 방식도 다양해지고, 에너지 비용 때문에 절약하려는 사람들이 많아졌어."

"그럼 너도 판매 전략 같은 걸 바꿔야 할 때가 온 거 아냐? 아니면 더 큰 시장으로 확장하거나."

"그게 쉽지가 않아. 이 시장은 한 번 들어오면 쉽게 빠져나가기 힘든 구멍가게 같은 거거든. 그리고 내가 새로 뭔가를 시작하기엔 나이도 있고, 사실 두렵기도 해."

"너라면 할 수 있을 거야. 근데 너무 스트레스받지 말고, 천천히 생각해봐."

"숙아, 너도 알다시피 우드펠릿 시장에서 내가 경쟁자가 별로 없는 이유를 생각해봤거든. 왜 그런지 유추해봐."

"음… 생각해보면, 첫째로 이게 돈벌이가 그렇게 대단하지 않아서 아닐까? 누구나 뛰어들고 싶어 하는 사업은 아닐 것 같아."

"맞아, 정답이야. 이게 단순히 팔아서 남는 마진이 크지 않아. 많이 팔아야 겨우 유지가 되거든. 그러니 대단한 수익을 기대하기 어렵지."

"또 다른 이유라면, 이게 힘든 일이잖아. 너도 하루에 몇 백 포씩 나르고 팔 때 체력적으로 엄청 힘들었다며?"

"그렇지. 이거 아무나 할 수 있는 일이 아니야. 20kg짜리 한 포씩 실어 나르고, 손님 응대하고, 겨울철 추위 속에서 일하는 게 보통 일이냐고."

"또 뭐가 있을까? 아, 초기 투자도 꽤 들지 않아? 창고도 필요하

멈추지 않는 도전이 인생을 빛나게 한다!

고, 물류도 있어야 하고."

"맞아. 정식으로 하려면 돈이 많이 들고, 편법으로 하자니 내 양심에 찔리고. 이런저런 문제를 감수해야 하니까 쉽게 뛰어들기 힘든 시장이야."

"그러고 보면, 이런 상황에서도 너는 지금까지 해왔다는 게 대단한 거네. 보통 사람은 진작 포기했을 것 같아."

"나도 내가 어떻게 여기까지 왔는지 가끔 신기하긴 해. 근데 경쟁자가 없는 이유 중 하나는 시장 자체가 정체되어 있다는 점도 있어. 신규 고객이 늘어나는 게 아니라 기존 고객들만 유지되다 보니, 누가 새로 들어와도 먹고살기 힘들지."

"그럼 앞으로 너도 더 고민이겠네. 계속 이걸 유지할지, 아니면 새로운 방향을 모색할지."

"맞아. 내가 계속 이걸 붙잡고 가는 게 맞는지, 아니면 다른 걸 시작해야 할지…. 쉽지 않은 문제야."


## 변화하고 탈출하라


"숙아, 뜬금없지만, 내가 공직 생활 40년 동안 사명감에 불타서 일한 적은 없었어. 근데 그렇다고 출근하기 싫다는 생각을 해본 적도 없었지. 그냥 그야말로 소위 '출근하는 거지' 하면서 다녔어."

"그러니까, 그냥 일상적으로 했다는 거네. 요즘처럼 열정만 앞서다 지치는 사람보다는 그런 사람도 조직에서는 필요하지 않을까?"

"뭐, 그렇게 봐줄 수도 있겠지만, 내 스스로는 참 맥없는 공무원이었다고 생각해. 한 번도 일을 혁신적으로 해보겠다는 의지가 있었던 것도 아니고, 무슨 성과를 남기겠다는 목표도 없었어."

"근데, 그런 일상이 꼭 나쁜 것만은 아니잖아? 꾸준히 맡은 일을 해내는 것도 조직에서 필요한 역할 중 하나야."

"그래도 가끔 뒤돌아보면 좀 답답하기도 해. 내가 그렇게 오래 한 조직에서 뭐 하나 제대로 남긴 게 있나 싶기도 하고. 다른 길로 갔다면 어땠을까 하는 생각도 종종 들고 말이야."

"너는 지금 그렇게 생각할지 몰라도, 그때는 그게 최선이었겠지."

"그래서 요즘 현직에 있는 옛 동료들을 만나면 꼭 한마디씩 해. '변화를 줘라, 탈출해 봐라'라고 말이지. 자신도 못했으면서 말이야."

"하하, 그러니까. 본인은 못하면서 왜 남들한테는 그렇게 권하는 거야?"

"맞아, 자기모순이지. 그런데도 자꾸 그런 말을 하게 돼. 왜냐면 내가 해보지 못한 걸 그들이라도 해봤으면 하는 마음이랄까."

"근데 네 아들들한테도 그렇게 말해? '탈출해 봐라'라고?"

"아, 거기서는 딱 멈춰. 내 아들들한테는 차마 못해. 참 이중적이지?"

"하하, 그러네. 동료들한테는 '뛰어내려 봐라' 하면서, 아들들한테는 '안전하게 살아라'라니. 너도 참 인간적이다."

"그러게. 어쩌면 내가 두려운 거지. 내 자식들이 실패를 겪는 걸

멈추지 않는 도전이 인생을 빛나게 한다!

보는 게 무서운 거야."

"그건 모든 부모가 다 비슷할 거야."


## 샛길로 빠지는 대화, 그리고 삶

"주제가 또 곁길로 갔네."

"이런, 장사 이야기를 하다가 말이야. 나이가 드니까 대화 주제가 자주 샛길로 빠지더라고. 참, 이런 것도 나이 탓인가 싶어."

"하하, 그게 나이 탓만은 아니야. 너 원래 그랬잖아. 근데 그게 너의 특기야."

"뭐, 그건 그렇지. 그런데 장사 얘기하다 보면 참 할 말이 많아."

"그래, 얘기라는 게 그런 거지. 근데 어쩌면 네가 그렇게 샛길로 빠지는 것도 은퇴 후 얼마나 많은 걸 겪었는지 보여주는 증거 아닐까?"

"맞아, 맞아. 그렇게 생각하면 나쁘지 않네."

"그리고 결국 다시 돌아오잖아. 장사 얘기 계속해 봐. 어디까지 했더라?"

"뭐, 이 얘기 저 얘기 섞이다 보니 점점 책 한 권이 되어 가는 것 같기도 하고."

"진짜로 책 한 권 내도 될 것 같아. 너의 인생과 버텨온 이야기들, 사람들이 읽으면 참 좋을 것 같은데?"

나는 숙을 바라보며 피식 웃었다.

"그러게. 내가 이렇게 떠들다 보면, 어쩌면 진짜 책이 나올지도 모르겠어."

바람이 불어 벚꽃이 살며시 흔들렸다.
**삶은 결국, 이렇게 이야기를 나누며 다시 돌아오는 길 위에서 만들어지는 것이 아닐까.**


## 꾸준함의 힘

"아까 내가 꾸준히 지내는 이야기를 했었잖아. 다시 생각해보니까 내가 계속 장사를 이어올 수 있었던 건 경쟁자가 거의 없었던 것도 크지만, 매일 그냥 꾸준히 출근하고, 무슨 일이 있어도 가게 문 여는 거. Nine to six, 이게 나름대로 요인이었던 거지."

"그러니까 네가 그랬잖아. '그냥 출근'이 너의 스타일이라고. 꾸준히 하는 게 쉽지 않은 건데, 너는 그걸 해낸 거야. 근데 다른 이유도 있을 것 같은데, 뭐가 또 있었을까?"

"글쎄, 생각해보면 고정 수입이 있었던 게 크지 않았을까 싶어. 생계는 어쨌든 연금으로 어느 정도 해결이 됐으니까 장사에 올인해야 하는 부담은 덜었던 거지. 그러다 보니 마음이 조금은 여유로웠던 것도 사실이야."

"그건 진짜 큰 요인이네. 장사를 하면 생계 때문에 스트레스 받는 경우가 많은데, 너는 일단 기본적인 생활비는 보장이 된 거잖아. 그러니까 살아가는 데 힘이 됐겠지. 근데 너도 알잖아. 그렇다고 해서 모든 사람이 장사를 꾸준히 하는 건 아니야."

멈추지 않는 도전이 인생을 빛나게 한다!

"맞아. 내가 꾸준히 견디는 성격도 있고, 또 경쟁자가 거의 없는 시장 환경도 있었고. 여러 가지가 다 맞아떨어져서 여기까지 올 수 있었던 것 같아. 그래도 가끔은 '내가 이거 왜 계속하고 있지?' 이런 생각도 들더라."

"하하, 그건 누구나 그런 거야. 그래도 너처럼 꾸준히 버틴 사람은 흔치 않아. 너는 너만의 방식으로 해낸 거니까 자랑스러워해도 돼."

## 돈, 맘몬(Mammon)

"내가 이렇게 저렇게 말은 하지만 결국은 돈 때문에 내가 움직이는 거라 생각해. 뭐, 경제적 동물이고 속물근성 이런 거 말이야."

"글쎄, 그게 꼭 나쁜 건 아니야. 세상 사람들이 다 돈이랑 무관하게 살 수는 없잖아. 솔직하게 인정하는 것도 멋진 거지. 근데 너, 그렇게 돈에만 집착하는 사람으로 보이진 않던데?"

"하하, 고맙다. 근데 가만 보면 내가 장사도 그렇고 농사도 그렇고 결국 돈하고 연결되는 일만 하고 있는 거 같아. 우드펠릿 장사도 그렇고, 농사는 돈을 벌려는 게 아니고 돈을 쓰는 농사라곤 하지만, 그래도 결국은 경제적인 생각이 중심에 있더라고."

"너도 결국 생계를 위해 돈을 생각해야 하는 건 당연한 거잖아. 근데 너는 단순히 돈만 보고 움직이는 사람은 아니야. 기록도 하고, 의미도 찾으려고 하고, 그런 게 너답지. 속물근성만 있는 사람이었으면 그렇게까지 고민하고 꾸준히 하진 못했을 거야."

"음, 근데 농사하면서는 돈 생각은 좀 덜해. 그냥 즐기는 거지. 근데 장사는 또 다르잖아. 결국 계산기 두드리게 되고, 이익을 따지고. 그런 내가 좀 싫을 때도 있더라고."

"너무 자책하지 마. 너도 너 나름대로 최선을 다하고 있는 거야. 그리고 솔직히 이 나이에 돈 생각 안 하고 사는 사람이 얼마나 있겠어? 그게 너를 움직이게 하는 원동력이었다면 그것도 잘못된 건 아니야."

"두 번째 해였나, 대량 소비처에서 370만 원을 떼인 적이 있었어. 그때 진짜 멘붕 오더라."

"370만 원이면 꽤 큰돈인데, 그걸 어떻게 떼였어?"

"처음엔 서로 신뢰로 시작했지. 돈 줄 때가 되면 연락이 끊기더라고. 전화도 안 받고, 가게 찾아가 보니 아예 문 닫고 사라져버렸어."

"그거 완전 사기네. 어떻게든 대응할 방법이 없었어?"

"없었지. 경찰에 신고라도 해볼까 했는데, 이런 일로는 소송 걸어도 비용만 더 들어간다잖아. 신용정보회사에 수수료를 내고 의뢰도 했었는데 어차피 받을 가능성도 희박하다고 하기에 그냥 포기했지."

"와, 진짜 힘들었겠다. 그때 마음고생 많이 했겠네?"

"처음엔 화도 나고, 내가 왜 이런 일을 당해야 하나 억울하기도 했어. 나중엔 그냥 내가 사람 잘못 본 거라 생각하고 잊으려고 했지."

"그래도 그게 쉽지 않았을 텐데, 어떻게 극복했어?"

　　　　　　　　멈추지 않는 도전이 인생을 빛나게 한다!

"시간이 약이더라고. 그리고 그 경험 덕분에 배운 것도 많아. 그 이후로는 웬만하면 선불 받고, 계약서도 확실히 쓰려고 노력했지. 뭐, 사람 보는 눈도 좀 더 생겼고."

"그럴 수밖에 없지. 근데 너 원래 좀 순진한 구석이 있잖아. 그래서 더 당했을 수도 있어."

"하하, 맞아. 나도 내가 너무 어수룩하다는 걸 느껴. 그래도 그런 일 한 번 겪고 나니까 이제는 쉽게 안 속아. 물론 여전히 사람 대하는 건 어렵지만. 사람이 거짓말하는 게 아니고 돈이 거짓말을 하더라고. 숯 장사할 때 물건 값 안 주길래 식당 안 계산대 앞에 한 시간 앉아서 버텨서 받아오기도 했지."

"야, 성태 독해졌다. 그래도 너는 그런 일을 겪고도 포기 안 하고 계속 장사한 게 대단한 거야. 보통 사람 같았으면 진작 때려치웠을 거야."

"고맙다, 숙아. 그런 말 들으니까 조금 위안이 되네. 근데 앞으로는 이런 일 다시는 없었으면 좋겠어. 이제는 더 신중하게 해야지."


## 끝없는 이야기 그리고 다음 대화

"이야기가 너무 길었다. 나머지는 전화로 이야기 나누자. 파이팅!"

"전화통화는 여성들의 전유물이야. 하하… 오늘 즐거웠어. 안녕!"

이야기는 끝이 없고, 대화는 계속된다. 우리가 살아 있는 한, 다음 대화가 또 기다리고 있을 테니까.

멈추지 않는 도전이 인생을 빛나게 한다!

장면 3

# 12월 밤, 대전펠릿에서의 이야기

## 직업병, 몸의 신호

컨테이너 사무실에서 난로의 열기를 느끼며 숙에게 전화를 걸었다.

"숙아, 전화 받기 괜찮아?"
"응, 무슨 일이야? 목소리가 피곤해 보여."
"그냥… 요즘 몸도 마음도 지쳐서. 열심히 해도 뭔가 채워지지 않는 느낌이야."
"그럴 땐 잠시 쉬어가도 돼. 네가 해온 게 틀리지 않았어. 너 자신을 돌아볼 시간일지도 몰라."
나는 잠시 침묵하다가 천천히 말을 꺼냈다.
"사실 오늘 출근하면서 병원에 다녀왔어."
"병원? 어디 아픈 거야?"

"이 장사의 부산물로 직업병을 얻었지. 어깨가 아파서 치료를 받으러 갔어."

"어깨? 네가 그동안 펠릿 나르느라 무리를 많이 했잖아. 근데 얼마나 심각한 거야?"

"회전근개 파열일 가능성이 있다고 하더라. 정밀 검사를 해봐야 하지만, 일단 물리치료부터 받으라고 했어."

"어깨는 한 번 망가지면 회복하기 어렵다던데. 장사도 중요하지만 몸이 먼저야. 좀 쉬면서 치료받아야 하는 거 아니야?"

"쉬라고 하면 더 불안해지니까. 뭐라도 하고 있어야 마음이 편하거든. 오늘도 가게문을 빨리 열어야겠다는 생각에 의사에게 물리치료 안 받겠다 했다가 핀잔만 들었지."

숙은 깊은 한숨을 내쉬었다.

"그러니까 네가 문제야. 그렇게 무리하면서도 멈추지 못하는 거. 600평 자갈밭에서 농사까지 했다며?"

"응. 여름철 비수기라 좀 쉬어야 하는데, 쉬는 게 불안해서 그랬나 봐. 곡괭이질까지 했지. 덕분에 몸이 더 망가졌을 거야."

"이제라도 멈추고 몸을 돌봐야 해. 네가 안 그러면 네 몸이 먼저 너를 멈추게 할 거야."


나는 조용히 창밖을 바라봤다. 차가운 겨울밤, 내 어깨만큼이나 무거운 공기가 감돌았다.

## 의사와 나

아침 8시 30분, 아직 병원이 조용할 시간이었다. 나는 커피 한 잔으로 정신을 깨우며 하루를 준비하고 있었다. 문이 열리자마자 접수대에서 환자가 들어온다는 소리를 들었다. 오늘의 첫 환자였다. '아직 이른데, 부지런한 분이시군.' 그렇게 생각하며 차트를 확인했다.

들어온 사람은 70대로 보이는 노인이었다. 얼굴은 딱히 피곤해 보이진 않았지만, 어깨를 움켜쥐고 있었다. '우드펠릿을 나르시는 분'이라는 메모를 보고 짐작했다. 환자가 무거운 물건을 계속 들다 보면 어깨 통증은 피할 수 없다.

진료실로 들어온 그는 천천히 자리에 앉았다.
"지난번 치료 후 좀 나아지셨나요?"
그는 잠시 머뭇거리더니 말했다.
"그랬던 것 같기도 하고요."

그 대답에 나는 애매함을 느꼈다. 의사 생활을 오래 하다 보면 이런 대답에 익숙해진다. 환자들이 확신 없이 내놓는 답변은 내게 추가 정보를 줄 수도, 혼란을 줄 수도 있다. 나는 차트를 보며 다음 질문을 생각했다.

멈추지 않는 도전이 인생을 빛나게 한다!

그러나 그는 먼저 입을 열었다.

"발등이 아프긴 한데요, 눌러도 안 아프고 신발 신고 걸을 때만 아파요."

나는 고개를 끄덕이며 대답했다.

"신경통입니다."

사실 신경통이라는 말은 정확한 진단이라기보다는, '크게 걱정할 문제는 아니다'라는 안심의 의미를 담고 있다. 그러나 이 환자는 여기서 멈추지 않았다.

"이 손가락 끝에 감각이 없는 듯합니다."

나는 손을 쓰는 일을 많이 하신다는 메모를 떠올리며 말했다.

"손을 많이 쓰시죠."

환자는 한참 더 말하고 싶은 것처럼 보였지만, 나는 곧이어 진료를 끝낼 준비를 했다. 바깥에는 이미 몇 명의 환자가 접수 중이었다. 의사로서 나는 시간 안에 환자를 돌봐야 하고, 모든 문제를 깊이 들여다볼 여유는 없었다.

진료가 끝나 갈 무렵, 그가 갑자기 물었다.

"물리치료 안 받고 그냥 가도 될까요?"

나는 단호하게 말했다.

"받고 가세요."

사실 물리치료는 그에게 필요한 과정이었다. 치료를 제대로 마무리하지 않으면 다음번에 더 심각한 상태로 돌아올 수 있기 때문이다. 그가 나가면서 "좋은 하루 보내세요."라고 인사했지만, 나는 답례를 하지 않았다. 일부러 그런 건 아니었다. 나 역시 하루를 시작하느라 정신이 없었고, 첫 환자부터 말이 많은 환자를 만난 탓에 벌써 피로감이 밀려왔다.

남은 하루 동안 나는 문득문득 그 환자를 떠올렸다. 우드펠릿을 매일같이 나른다니, 그의 삶이 고단할 것 같았다. 하지만 그런 생각을 길게 할 여유는 없었다. 진료실 밖에는 또 다른 환자들이 기다리고 있었고, 그들 역시 각자의 고단한 이야기를 품고 있었다.

아침부터 정신을 빼놓는 첫 환자를 만났지만, 그 또한 그의 자리에서 무거운 짐을 지고 살아가고 있다는 것을 나는 알았다. 나도 그와 마찬가지로 내 몫의 짐을 지고 살아가는 또 다른 생활인일 뿐이었다.

그렇게 첫 환자는 지나갔고, 나는 다시 다음 환자를 불렀다.

멈추지 않는 도전이 인생을 빛나게 한다!

## 3천 명의 고객 그리고 책임감

"숙아, 내 휴대전화에 저장된 우드펠릿 고객이 거의 3천 명 정도야."

"3천 명? 와, 너 진짜 열심히 했구나."

"근데 그게 다 내가 손으로 직접 입력한 거야. 이름, 주소, 주문 내역까지 다 기록했어."

"그러니까 네가 이렇게 오랫동안 꾸준히 해올 수 있었던 거구나. 근데 그게 부담이 되기도 하겠네?"

"맞아. 고객들에게서 오는 전화 하나하나가 부담스러울 때도 있어. 특히 겨울 성수기 때는 전화벨이 쉴 새 없이 울려대니까."

"그래도 네가 고객 관리를 이렇게 철저히 했으니 신뢰가 쌓였겠지."

"응. 거듭 말하지만 우체국에서 일할 때 배운 게 장사에 진짜 많이 도움이 됐어. 고객을 어떻게 대해야 하는지, 어떻게 응대해야 하는지, 다 그때 몸에 익힌 거지. 그런데 그 3천 명이."

숙은 고개를 끄덕였다.

"그래서… 그래서 그 3천 명이…?"

나는 창문 너머 멀리 보이는 불빛을 바라보며 조용히 대답했다.

"그래, 그 3천 명이 나를 못 그만두게 하는 건지도 몰라. 아깝거든."

"너무 솔직한데?"

숙이 피식 웃었다.

"그런데 다행인지 불행인지, 이제 내 가게가 있는 곳이 재개발

지역이야. 타의에 의해 그만둘 수도 있을 것 같아."

"그럼 차라리 다행이네. 너도 그만둘 명분이 생긴 거잖아."

나는 한숨을 내쉬며 말했다.

"맞아. 내가 직접 결정하는 것보다 오히려 나을지도 몰라. 근데 또 막상 정리하려니 마음이 복잡해."

"너한테는 단순한 가게가 아니까. 그동안 쌓아온 시간과 관계가 있으니까."

나는 한참을 침묵했다.


## 고객 관리와 인간적인 관계

"숙아, 가끔 단골손님들이 물건을 사가며 안부를 물어봐. '사장님, 요즘 건강은 어떠세요?' 이런 말 한마디가 꽤 따뜻하게 느껴질 때가 많아."

"그러니까 그게 너를 못 놓게 하는 거지. 단순히 비즈니스가 아니라, 사람과 사람의 관계가 쌓인 거잖아."

"그렇지. 그래서 마음이 쉽게 떠나지 않는 거야."

숙은 조용히 말을 이었다.

"그래도 결국은 결정해야 할 거야. 네 몸이 먼저고, 네 삶이 먼저니까."

나는 미소를 지으며 말했다.

"그래도 이 가게 덕분에 많은 걸 배웠어. 내가 유지하는 힘도 키웠고, 사람을 대하는 법도 배웠고."

멈추지 않는 도전이 인생을 빛나게 한다!

"그러니까 이제는 네가 너 자신을 좀 돌볼 차례야."

나는 조용히 고개를 끄덕였다.

"응. 그래, 이제는 나를 위한 선택을 해야 할 때가 온 것 같아."

창밖에는 차가운 겨울바람이 불고 있었다.

하지만 그 안에서 나는 작은 결심을 하고 있었다.

**이제는 나를 위한 시간도 가져야 한다.**

# 2008년에 쓴 나의 은퇴 계획, 10년 후

10년 뒤인 2018년, 시골 우체국장으로 퇴직한 나는 청양 산골에서 약초를 재배하며 살고 있다. 퇴직하기 전 이미 약초관리사 자격증을 취득했고 대학 야간강좌를 들어서 실무지식을 쌓았다. 아이들 학비를 대느라 돈을 마련하지 못해서 차선책으로 장기 임차하는 형식으로 약초를 재배할 땅을 마련해서 쉬는 토요일마다 많은 시간을 거기서 약초들과 보냈다. 매주 화요일에는 인근에서 이루어지는 방과 후 학습 시간에 한자를 초등학생들에게 가르치고 있다. 2008년 2급, 2009년에는 한자자격증 1급을 어렵게 정말 딴 것을 활용하고 있는 셈이다. 매주 목요일은 종일 장애 어린이 수용시설에서 봉사를 벌써 5년째하고 있다. 원래는 우체국에 가서 봉사활동을 하고 싶었지만 후배들이 부담스러워 해 생각을 접었다. 최근에 심혈을 기울이고 있는 것은 자서전을 완결하는 것이다. 퇴직하기 전 이미 많은 부분을 작성해 놓았고 거의 완성단계에 와 있다. 아무리 소박한 산골 집이라도 화장실만은 최고급으로 해야 한다는 주장을 관철해서 같이 와있는 아내가 자서전 원고를 보자고 종종 조르지만 나는 전혀

멈추지 않는 도전이 인생을 빛나게 한다!

보여주기를 거부할 예정이다. 이제 쫓겨나면 누가 받아주겠는가? 아내는 틈틈이 이주여성들에게 우리말을 가르치는 일을 하고 있다. 나는 유명해지지도 부자가 되지도 못했다. 다만 세월을 받아들이고 부는 바람에 순응하는 법을 아주 조금 깨쳐서 오늘의 친구인 풀들과 내일 내가 안기게 될 땅들과 이야기하면서 아무 마음도 없는 것처럼 살고 있다.

## 엉성한 농사꾼의 새로운 도전, 꿈과 현실 사이에서

"숙아, 처음 만나 얘기했던 그 세 가지 공약 있잖아. 아침밥 해 먹기, 책 쓰기, 연금에 기대지 않기. 사실 그거, 약간 허풍이었어. 그냥 그럴싸하게 보여주려고 한 말이지. 진짜 꿈은 따로 있었어."

"뭔데?"

"시골에 들어가서 농사짓고, 봉사활동하면서 조용히 사는 거."

"그랬구나. 근데 왜 그 꿈을 포기했어? 네 성격에 그런 삶이 잘 맞을 것 같은데."

"그게, 꿈이란 게 마음만 있다고 되는 게 아니더라고. 퇴직하던 해 내가 음성 꽃동네에 장기 봉사를 하겠다고 직접 전화를 했었어. 아이들 중고등학교 다닐 때 2박 3일 정도 같이 봉사활동을 여러 번 갔었거든. 그런데 나이를 물어보더니 정중하게 거절하더라. 당시 사스 독감 때문에 55세 이상은 봉사자로 받기 어렵다고

멈추지 않는 도전이 인생을 빛나게 한다!

했거든. 그 말을 들으니까 갑자기 '아, 이제 내가 돌봄을 줄 사람이 아니라 돌봄이 필요한 사람이 된 건가?' 싶더라고."

"그 말이 꽤 충격이었겠다."

"맞아. 그래서 농사라도 제대로 해보려고 수원 농촌진흥청에서 귀농귀촌 교육도 받고, 논산 농업기술센터에도 다녔지. 그런데 거기서 들었던 공통 질문이 뭔지 알아?"

"뭔데?"

"'아내의 동의는 얻으셨습니까?'였어."

"아, 그거… 진짜 현실적인 질문이네."

"그래서 결국 귀농은 현실적으로 어렵다고 느꼈어. 내가 원한 건 대규모 농사가 아니라 텃밭 가꾸기였는데, 그것조차도 현실적인 벽이 있더라고. 그래서 국유지를 조금 빌려서 농사 놀이처럼 하고 있는 거지. 그게 현실과 타협한 결과랄까."

"그래도 너답게 길을 찾아간 게 대단한 거 같아."

"고마워, 숙아. 가끔은 아쉽기도 하지만, 내 삶의 방향이 조금씩 변하는 것도 받아들이기로 했어. 꿈은 그대로 두고, 현실 속에서 내가 할 수 있는 최선을 다하는 거, 그게 지금 나의 방식이야."


## 70살, 새로운 도전

"숙아, 그래서 말이야… 나 농사 더 제대로 해보려고 방송통신대학 농학과에 편입 원서를 냈다!"

"뭐라고? 방송통신대학에 농학과? 너 진짜 대단하다! 아니, 70

에 무슨 공부야? 근데 멋있다, 정말. 너는 가만히 있질 못해."

"그러니까. 하하. 사람들이 다 그래. '70에 공부해서 뭐 하려고?' 라고 묻는데, 내 생각은 달라. 나이가 뭐 대수냐고. 내 삶에서 뭔가 배우고 도전할 수 있는 일이 있다면 하는 거지."

"맞아, 요즘 농사도 전문적으로 접근해야 한다더라. 근데 쉽지 않을 텐데? 온라인으로 수업 듣고 과제 내고 시험도 봐야 하잖아."

"알지, 쉽지 않을 거란 거. 근데 내가 농사 5년 했잖아. 그동안 꾸준히 영농일지도 쓰고, 인터넷 찾아보고, 나름대로 공부했어. 이번에 대학 가면 그걸 체계적으로 배우는 거지."

"공부하면서 새로운 사람들도 만나고, 네가 원하는 대로 농사에 전력할 수 있다면 진짜 잘한 선택일 거야."

"맞아. 그리고 네가 알잖아, 내가 계획을 세우면 꼭 떠벌리고 다닌다는 거. 그런데 아쉬운 거 두 가지. 하나, 숙이 너도 같이 입학 못 한 거. 둘, 70세 이상은 85% 학비 감면인데 5월이 생일이라 이번 학기에는 적용이 안 되는 거."

"하하, 그래. 그래야 네가 지키려고 노력하니까. 이번에도 자랑질하려고 나한테 먼저 얘기하는 거구나?"

"맞아! 그래서 네 앞에서 엄숙하게 공포하는 바야. 짠짠짠~ 방송통신대학 농학과 편입생 김성태, 앞으로 농업의 길로 전력하겠노라!"

"하하, 진짜 너 대단하다. 그렇게 공포까지 하면서 열정적으로 계획을 세우는 사람은 처음 봐."

"내가 농학과를 다니면서 배운 걸 텃밭에 적용하면 농사도 더

멈추지 않는 도전이 인생을 빛나게 한다!

재미있어질 것 같아. 그리고 그 과정에서 또 너한테 자랑할 게 많아질 거야. 기대해라, 숙아."

## 엉성한 농사꾼의 시작

"숙아, 나는 먼저 저질러보고 고민하는 스타일이잖아. 농사도 마찬가지였어."

"그야 네 특기지."

"2020년에 시작해서 이제 5년 차인데, 처음엔 진짜 아무것도 모르고 시작했거든. 시행착오도 많았지."

"그때부터 기록도 했다고 했잖아?"

"그래, 농사는 몸도 써야 하지만 머리도 써야 하더라고. 작물별 심은 시기와 수확 시기, 해충 관리까지 다 기록해놨지. 물론 실패도 많았어. 특히 첫해 고추 농사는 완전 망했지."

"어떻게 망했는데?"

"고추를 심었는데 비가 많이 와서 다 쓰러지고, 탄저병도 나고. 결국 수확한 건 몇 개 안 됐어. 120포기 심었는데 고춧가루가 무려 2kg이나 나왔지. 하하하… 근데 그 과정이 재미있더라. 실패했지만, 다음 해에는 더 잘할 수 있을 거라는 희망이 생겼거든."

"그런 과정이 다 의미가 있지. 처음부터 잘하는 사람은 없잖아."

"맞아. 그래서 지금은 과정 자체를 즐기는 법을 배운 것 같아. 농사는 하루아침에 성과가 나오는 게 아니라, 기다리고, 실패하고, 다시 도전하는 거더라고."

"좋다. 그런 변화야말로 사람들이 공감할 수 있는 이야기야."

"그래서 농사 이야기는 이렇게 시작해야겠다. '내가 곡괭이를 든 건 어쩌면 충동적이었다. 자갈밭을 보며 멍하니 서 있던 첫날, 나는 내가 무슨 짓을 저질렀는지 깨달았다.' 이런 식으로."

"괜찮네! 그런데 밭 상태는 어땠어?"

"자갈밭에 폐허 수준의 땅이었어. 농기계도 못 들어가는 '영농 여건 불리농지'라 삽이랑 곡괭이로 돌을 골라내면서 시작했지. 손에 물집 잡히고, 땡볕에 쓰러질 뻔한 적도 있었어."

"진짜 엉뚱한 시작이네. 근데 그런 이야기가 오히려 흥미로울 것 같아. 솔직히 쓰면 사람들이 더 공감할 거야."

"그래서 나도 스스로를 '엉성한 농사꾼'이라고 부르잖아. 첫해엔 고추도 망하고 배추엔 벌레가 잔뜩 꼬였지. 근데 내가 심은 배추로 담근 김치를 먹었을 때 그 짜릿함을 잊을 수 없어."

"그런 감정을 더 풀어봐. 농사를 통해 얻은 소소한 기쁨과 보람 같은 이야기를 중심으로."

"좋아. 그럼 농사 이야기는 이렇게 정리해야겠다. 실패도 기록하고, 과정도 공유하고, 무엇보다 내 인생을 다시 배우는 과정으로."

"그래, 성태야. 너는 뭘 하든 끝까지 가는 사람이야. 이번 농사도, 공부도 네 스타일대로 끝까지 가봐!"


나는 창밖을 바라보며 웃었다. 겨울이었지만, 마음속엔 새로운 봄이 오고 있었다. 새로운 도전이 또 한 번 시작되고 있었다.

멈추지 않는 도전이 인생을 빛나게 한다!

## 농사의 현실과 로망 사이에서

"숙아, 농사라고 다 아름다운 풍경만 있는 건 아니지. 로망? 그건 현실 앞에서 무너지는 경우가 많아."

"그렇겠지. 뭐든 직접 부딪혀 보면 겉에서 보던 거랑 다르잖아."

"처음 농사 시작할 때는 나도 예쁜 농장 같은 걸 꿈꿨지. 파릇파릇한 채소, 탐스럽게 열린 과일, 새소리 들으며 평화롭게 일하는 모습 말이야. 그런데 현실은….."

"어땠는데?"

"밭에 가면 풀과의 전쟁이야. 하루만 지나도 잡초가 무성하게 자라고, 풀을 뽑아도 다음 날이면 다시 올라오고. 장마철에는 농작물이 물러가고, 가뭄 때는 흙이 갈라지고."

"와, 듣기만 해도 고생스러운데?"

"거기다 벌레, 해충은 기본이고, 생각지도 못한 일들이 계속 터져. 예를 들어, 너구리가 와서 감자 밭을 다 파헤쳐 놓는다거나, 땅콩을 수확하러 갔더니 줄기만 남아있고, 멧돼지가 밤에 내려와 밭을 휩쓸고 간다거나."

"멧돼지까지? 그건 좀 무섭다."

"맞아. 하루는 아침에 가보니까 멧돼지가 복숭아 200여 개를 하나도 안 남기고 먹고 갔더라고. 가지까지 찢고서 말이야. 그럴 때마다 '내가 이 짓을 왜 하고 있지?' 싶기도 하지."

"그래도 너는 안 접고 계속 하고 있잖아. 뭔가 이유가 있겠지?"

"그러니까. 처음엔 고생스러웠는데, 점점 자연을 받아들이는 법을 배우는 것 같아. 예전엔 잡초가 자라면 짜증부터 났는데, 이제는 그게 자연의 일부라는 걸 알게 되고. 해충도 다 이유가 있어서 오는 거고. 그냥 인간이 어떻게든 통제하려고 하지만, 결국 자연의 흐름을 따르는 게 더 맞다는 걸 깨닫게 되는 거지."

"그게 진짜 농사꾼의 마음가짐 아닐까?"

"그럴지도. 처음에는 내가 밭을 지배하려고 했는데, 이제는 밭이 나를 길들이고 있다는 느낌이야. 땅과 내가 함께 살아가는 거지. 그리고 뭐, 실패도 재미야."

"실패도 재미라니, 너 진짜 많이 변했구나."

"하하, 진짜야. 한 번은 수박을 심었는데, 열매가 하나도 안 열린 적이 있어. 이유를 찾아보니까, 꽃이 피면 벌이 와서 수정을 해줘야 하는데, 장마기간이라 벌이 없으니까 열매가 안 열린 거야."

"와, 그건 진짜 예상 못 했겠다."

"그래서 그때부터는 내가 직접 꽃을 손으로 문질러서 인공 수분을 시켜줬지. 벌 대신 사람이 나선 거야."

"그렇게까지 했다고? 근데 효과 있었어?"

"응. 그렇게 수분을 시켜주니까 열매가 맺히더라고. 그때 깨달았지. '아, 농사는 단순히 씨 뿌리고 물 주는 게 다가 아니구나.' 이론도 중요하고, 경험도 필요하고, 계속 배우면서 해야 하는구나 하고."

"그래서 방송통신대 농학과를 간 거구나?"

"그렇지. 내가 경험으로 배운 것들도 있지만, 체계적으로 공부하면 더 잘 할 수 있을 것 같아서. 그리고 또 하나, 사람들이 '농사는 감'이라고 하는데, 그 감을 기르려면 지식도 필요하거든."

멈추지 않는 도전이 인생을 빛나게 한다!

## 농사와 인생의 교훈

"숙아, 근데 있잖아. 농사 짓다 보면 인생하고 참 닮았다는 생각이 들어."

"어떤 점에서?"

"첫째, 너무 완벽하려고 하면 안 된다는 거. 자연은 내 뜻대로 움직이지 않아. 아무리 정성껏 가꿔도 예상치 못한 일이 벌어지고, 뜻대로 안 되는 경우가 많거든. 근데 그걸 받아들이고 가는 게 중요하더라고."

"맞아, 인생도 그렇지. 계획대로만 되면 얼마나 좋겠어."

"둘째, 기다림이 필요하다는 거. 씨를 뿌리면 당장 자라는 게 아니잖아. 시간을 두고 물 주고, 햇볕 받고, 그러다 보면 어느 순간 싹이 트고 자라나지."

"그건 진짜 깊은 뜻이 있네. 요즘 사람들은 너무 빨리 결과를 보려고 하잖아. 근데 농사는 그게 아니니까."

"그렇지. 그리고 셋째, 실패를 받아들이는 법을 배운다는 거. 아무리 노력해도 실패할 때가 있어. 태풍이 오거나, 예상 못한 병이 돌거나. 근데 그걸 너무 괴로워하기보다는 '다음엔 어떻게 할까' 하고 배우게 되는 거야."

"음, 그거 참 멋진 태도다. 인생에서도 실패를 너무 두려워할 게 아니라, 배움의 과정이라고 생각하면 더 나아질 수도 있겠네."

"맞아. 그래서 나는 농사 짓는 게 단순히 먹을 걸 키우는 일이 아니라, 내 삶을 다시 배우는 과정 같아."

"진짜 멋있다. 너의 농사 이야기를 들으니까, 나도 뭔가 배운 느껌이야."

"그러면 됐지! 숙아, 내가 농사짓는 이유를 이제 알겠지? 로망이 있어서가 아니라, 그냥 살아가는 방식이 돼버린 거야."

"응, 네 말 듣고 나니까 이해가 돼. 네가 말하는 로망이란 게 꼭 거창한 게 아니라, 그냥 네가 지금 살아가는 방식 그 자체인 거지."

"맞아. 나는 내가 하는 일을 거창하게 포장하고 싶지 않아. 그냥 눈 뜨면 밭에 가고, 할 일 하고, 흙 만지고. 그러다 보면 하루가 지나가고, 그렇게 또 한 해가 지나가고."

"그게 네 방식의 행복이겠지."

"응, 그렇게 생각하려고. 그리고 솔직히 농사는 힘들어도, 땅에서 뭔가가 자라나는 걸 보면 참 신기하고 경이로워. 내가 키웠다기보다는, 그냥 자연이 그 과정을 보여주는 걸 내가 지켜보는 느낌이야."

"그런 마음가짐이면, 앞으로도 계속 농사를 지을 수 있겠다."

"그렇겠지. 나도 어디까지 할 수 있을지는 모르지만, 지금은 그냥 계속 해보려고. 그리고 아마 앞으로도 또 너한테 자랑하고 하겠지."

"좋아, 좋아. 그럼 나는 네 농사 응원하면서, 또 네 이야기 들어줄 준비해야겠다!"

"하하, 그래! 숙아, 앞으로도 잘 부탁한다!"

멈추지 않는 도전이 인생을 빛나게 한다!

## 유언장

**사랑하는 가족들에게,**

내 삶의 끝자락에서 이 글을 남깁니다. 부족한 나를 가족으로 받아주고 함께해 준 여러분에게 먼저 고맙다는 말을 전하고 싶습니다.

연명치료는 하지 말아 달라고 했던 내 뜻은 여전히 변함이 없습니다. 마지막 순간까지도 자연스럽게 흘러가는 삶의 일부로 받아들이고 싶습니다. 또한, 매장으로 보내 달라는 이전의 요청 역시 변함이 없습니다. 흙으로 돌아가는 것이 제게 가장 자연스러운 마무리라 여깁니다.

내가 떠난 후, 여러분에게 바라는 것이 있다면 간단합니다. 제 삶을 기리거나 애도하는 자리에 너무 많은 시간을 쓰지 말아 주세요. 문상을 받지 말라는 내 말도 같은 뜻입니다. 내 삶은 이미 지나갔고, 이제 남은 건 여러분의 삶입니다. 저를 기억하는 일은 여러분 각자의 마음속에 담아두고, 삶의 앞날을 살아가는 데에 더 집중해 주길 바랍니다.

물질적인 재산을 남기지 못해 미안한 마음이 있지만, 대신 여러분과 함께 나눈 시간과 기억이 더 큰 유산이 되길 바랍니다. 가족들과 함께 웃고, 고민하고, 삶을 나눈 모든 순간들이 저의 진정한 유산입니다.

제 아내, 아들들, 며느리들, 그리고 손주에게. 제가 떠난 후에도 서로 의지하며 따뜻한 마음으로 함께 살아가길 바랍니다. 내가 떠난 자리가 여러분의 삶에 짐이 되지 않기를 바랍니다.

마지막으로, 제 삶은 여러분과 함께였기에 충분히 의미 있었고 행복했습니다. 제게 주어진 날들을 여러분 덕분에 잘 살아낼 수 있었습니다. 감사합니다.

그럼 이만, 평안히 떠납니다.

**당신들의 남편이자 아버지 그리고 할아버지로서.**

# 유언장, 후회 그리고 아쉬움

"숙아, 유언장을 20년 전에 써놓았는데 말이야… 남길 재산이 없더라고. 다행인지 모르겠어."

"갑자기 유언장 이야기는 왜 꺼내? 농사 이야기하다가 말고 뜬금없네. 그리고 남길 재산이 없다는 게 다행이라니, 무슨 뜻이야?"

"그게 말이지… 내가 경제적으로 그렇게 능하지 못했잖아. 봉급으로 겨우겨우 살아왔고, 은퇴 후 장사를 하면서도 돈을 벌긴 했지만, 모아둔 게 딱히 없더라고."

"근데 그게 너만의 문제는 아니잖아. 요즘은 물려줄 재산이 없는 사람이 더 많지 않나? 나도 딸만 둘이지만 특별히 물려줄 건 없어."

"그건 그래. 근데 가끔 다른 사람들 보면 집이라도 한 채씩 물려주는 경우도 있잖아. 그런데 나는 그럴 형편이 안 돼서 좀 아쉽고 미안하기까지 하더라고."

"재산이 없다고 해서 꼭 부끄러워할 일은 아니잖아. 네가 그동안 열심히 살아왔다는 걸 나도 알고, 너 자신도 알잖아."

"그래도 가끔 내가 좀 더 경제적으로 능력 있었으면 가족들에게 더 많은 걸 줄 수 있었을 텐데 싶어. 내가 그동안 번 돈을 제대로 관리하지 못한 건 아닌가 싶기도 하고."

"너 원래 돈에 연연하는 사람은 아니잖아. 장사를 시작한 것도 경제적인 이유만은 아니었을 거라고 봐."

"숙아, 나 그렇게 고상하지 않아, 하하. 물론 장사는 돈도 벌지만 사람들과의 관계, 내 스스로의 성취감 같은 것들도 있었지. 그리고 지금 농사짓는 것도 돈보다는 내 마음의 위안을 위해 하는 거고."

"그럼 됐지. 네가 후회할 건 없어. 재산 대신 너 자신이 가족들에게 남긴 게 많을 거야. 너의 삶의 태도나 가치관, 그리고 그동안의 노력들이."

"그럴까? 그래도 가끔 아쉽긴 해. 내가 조금 더 경제적 능력이 있었으면 어땠을까 하는 생각이."

"누구나 그런 아쉬움은 있지. 하지만 네가 지금까지 살아온 삶도 충분히 가치 있어. 그리고 물려줄 재산이 없다는 게 꼭 나쁜 건 아니야. 오히려 아이들이 자기 힘으로 살아가도록 도와주는 게 더 중요할 수도 있잖아."


## 로망 없는 인간

나에게 '왜'라고 물으면 소이부답해야 하는 경우가 많다.

"숙아, 내 동생이 묻더라고. '형, 밭에 가면 기뻐?' 아니면 '행복해?'라고."

"그래서 뭐라고 대답했어?"

"뭐라고 해야 할지 모르겠더라고. 그래서 그냥 대답했지. '난 그냥 가. 기쁘거나 행복해서가 아니라, 그냥 눈 뜨면 밭에 간다.' 마치 산이 있으니까 산에 오른다는 말처럼 말이야."

"그럼 기쁨도 행복도 아니면, '왜' 가는 거야? 뭔가 목적이 있을 거 아니야."

"글쎄, 목적이랄 것도 없어. 그냥 내가 할 수 있는 일이 거기 있으니까 가는 거야. 그리고 사실, 그게 나아. 다른 사람들처럼 거창한 목표나 의미를 찾으려고 애쓰지 않아도, 내 일상 속에서 자연스럽게 몸이 움직이고 있다는 게 중요하지 않나 싶어."

"진짜 너다운 답변이다. 근데 그렇게 밭에서 일하다 보면 진짜 기쁘거나 행복한 순간이 없었어?"

"물론 있어. 하지만 그게 순간적인 거야. 지속적인 행복이라기보다는 작은 만족감들이 쌓이는 느낌이랄까."

"그럼 결국 농사는 네게 일상이 된 거네. 특별한 이유 없이, 그냥 자연스럽게."

"맞아. 나는 뭘 위해 사는지, 왜 이런 일을 하는지 그렇게 깊이 고민하지 않아. 그냥 눈 뜨면 밭에 가고, 할 일 하고, 흙 만지고. 그러다 보면 하루가 지나가고, 그렇게 또 한 해가 지나가고."

"그게 네 방식의 행복이겠지."

"응, 그렇게 생각하려고. 그리고 솔직히 농사는 힘들어도, 땅에서 뭔가가 자라나는 걸 보면 참 신기하고 경이로워. 내가 키웠다기보다는, 그냥 자연이 그 과정을 보여주는 걸 내가 지켜보는 느낌이야."

"그런 마음가짐이면, 앞으로도 계속 농사를 지을 수 있겠다."

"그렇겠지. 나도 어디까지 할 수 있을지는 모르지만, 지금은 그냥 계속 해보려고. 그리고 아마 앞으로도 또 너한테 자랑하고 하겠지."

"좋아, 좋아. 그럼 나는 네 농사 응원하면서, 또 네 이야기 들어줄 준비해야겠다!"

"하하, 그래! 숙아, 앞으로도 잘 부탁한다!"

나의 텃밭은 집에서 24km 떨어져 있다. 가까운 거리는 아니지만, 갈 때마다 그 길이 즐겁다. 골짜기 깊숙한 곳에 자리 잡고 있어, 새소리와 물소리, 바람소리만이 귀를 채운다. 도시의 소음은 닿지 않는다.

봄이면 세상에서 가장 길다는 대청호 벚꽃길을 통과해야 한다. 새벽에 밭에 가면, 그 벚꽃길을 오롯이 혼자 독차지할 수 있다. 사람들로 붐빌 낮과는 전혀 다른 풍경이다. 골짜기도 온전히 내 차지다.

일을 마치고, 성녀골짜기의 맑은 계곡물에 몸을 담근다. 그 순간만큼은 세상에 나 혼자뿐이다. 시원한 물이 피부를 감싸고, 적막한 자연이 나를 품는다.

이게 다 혼자 누려서 더 호사스럽다.

## 죽을 뻔

"숙아, 내가 무방비로 혼자 밭에 다니다가 정말 큰일 날 뻔했었지."

"무슨 일이 있었던 거야? 밭이 외진 곳이라 위험할 수도 있겠다 싶긴 했는데."

"한여름에 밭에서 일하다가 몸이 이상해지더라고. 처음엔 단순한 피로감인 줄 알았는데, 점점 열이 나고 몸이 축 처지는 거야. 설사까지 시작됐고."

"더운 날씨에 탈진한 거 아니었어?"

"나도 처음엔 열사병인가 싶었어. 그래서 그냥 쉬면 괜찮아질 거라고 생각했지. 그런데 상태가 점점 심해지더라고. 몸이 쑤시고, 열은 오르고, 정신도 흐려지고."

"그럼 병원엔 바로 갔어?"

"그렇진 않았어. 버틸 수 있을 거라 생각하고 약국에서 감기약이랑 지사제만 사서 먹었지. 근데 도저히 안 되겠어서 며칠 뒤에 병원에 갔어."

"그런데 의사가 뭐라고 했어?"

"처음엔 코로나 검사부터 해보자고 하더라고. 코로나는 아니었고, 단순한 장염이나 감기일 수도 있다면서 감기약을 처방해줬어. 근데 약을 먹어도 열이 계속 오르고, 몸이 점점 더 나빠지더라."

"그럼 결국 무슨 병이었어?"

"그땐 몰랐어. 그냥 앓고 지나갔지. 병원에서도 별다른 검사를 안 했으니까. 그러다 낫고 난 나중에야 내가 걸린 게 쯔쯔가무시병이었다는 걸 알게 됐어."

"쯔쯔가무시? 그거 진드기가 옮기는 병 아니야? 위험한 거잖아!"

"맞아. 병이 다 낫고 나서야 인터넷에서 증상 검색해보다가 알게 됐어. 그제야 내가 얼마나 위험했는지 실감이 나더라."

"와… 너 진짜 죽을 뻔했네. 치료 시기를 놓치면 위험하다고 하던데."

"그러니까. 나중에 찾아보니까 치사율이 10%가 넘더라고. 순간 '아, 내가 진짜 운이 좋았구나' 싶었지. 코로나 치사율이 0.8%라는데. 내가 멀쩡히 살아남은 게 신기할 정도야."

"그래서 그 뒤로는 조심하겠지?"

"당연하지. 이제는 무조건 긴팔, 긴 바지 입고, 모자 쓰고, 진드기 기피제까지 뿌려서 밭에 나가. 일 끝나면 계곡물에서 몸을 씻고, 여벌 옷도 꼭 준비해서 갈아입지. 처음엔 덥고 귀찮았는데, 이제는 습관이 됐어."

"그래야지. 그때 그렇게 큰일을 겪었는데, 안 바뀌면 더 이상한 거지."

깊은 한숨을 쉬면서 말을 이었다.

"그리고 한 번은 친구 진성이랑 큰 나무를 베다가 내가 깔릴 뻔한 적도 있었어. 간발의 차이로 피했지."

"뭐? 나무까지 넘어오다니, 그건 또 무슨 일이야?"

"밭에 큰 나무가 있었거든. 그걸 치우려고 둘이 톱질해서 넘어뜨렸는데, 예상과 다르게 내 쪽으로 쓰러지는 거야. 그 순간 '아, 오늘 여기서 끝인가?' 싶었지. 본능적으로 몸을 틀어서 간신히 피

멈추지 않는 도전이 인생을 빛나게 한다!

했어."

"진짜 아찔했겠다. 나무도 위험하지. 조심해야 해."

"맞아. 사실 이런 경험들이 나한테 큰 경각심을 준 것 같아. 농사가 아무리 좋아도, 자연 속에서 일하는 게 마음 편해도, 안전을 소홀히 하면 한순간에 큰일이 날 수 있더라고."

"잘 생각했어. 앞으로도 꼭 대비 철저히 하고 다녀. 또 무슨 일이 생기면 큰일이잖아."


## 농사의 규모와 현실

"그런데, 600평이면 혼자서 하기엔 조금 넓은데?"

"그러니까. 처음엔 300평이었는데, 하다 보니 마침 국유지가 바로 옆에 있었고 어느 정도 규모가 돼야 제대로 할 수 있겠지 싶어서 점점 늘렸지. 그런데 그게 착각이더라고."

"그렇지. 그 정도면 규모가 꽤 크잖아. 그걸 혼자서 관리한다고?"

"응. 처음에는 '이 정도면 먹고 살 농사는 할 수 있겠지' 했는데, 막상 해보니까 노동량이 장난이 아니야. 심고, 가꾸고, 거름 주고, 수확하고… 끝이 없어. 몸이 두 개라도 모자라더라고. 거기에다 농기계도 없이."

"그럼 뭐라도 줄여야 하지 않을까? 아니면 작물 종류를 조정하든가."

"맞아. 그래서 요즘은 주작물을 정해서 키우려고 해. 들깨, 감자 같은 건 비교적 손이 덜 가니까 그걸 중심으로 하고, 나머지는 그냥 텃밭 수준으로 가꾸려고."

"잘 생각했어. 넓은 땅을 가지는 게 아니라, 효율적으로 운영하는 게 중요한 거잖아."

"맞아. 처음엔 욕심이 너무 컸던 것 같아. 밭이 넓으면 더 많이 할 수 있을 거라고 생각했는데, 관리가 안 되니까 오히려 힘들기만 하고 수확도 시원찮고."

"그럼 그중에서 활용도 낮은 부분은 그냥 쉬게 돼?"

"응, 일부는 그냥 두려고 해. 땅도 쉬어야 하니까. 그리고 내 체력도 한계가 있으니까. 이제는 좀 현실적으로 가야지."

"현실적으로 간다고 하면서 또 무슨 새로운 계획 세우고 있는 건 아니야?"

"하하, 사실 있긴 하지. 꽃도 여러 가지 심어보려고 해. 한동안 백일홍과 코스모스를 많이 심었었거든. 그리고, 그냥 내가 농사 짓는 과정 자체를 더 즐기려고 해. 이제는 결과보다는 과정이 더 중요하게 느껴지거든."

"그럼 잘하고 있는 거야. 너무 욕심내지 말고, 건강 챙기면서 천천히 해."

"그래, 숙아. 너랑 얘기하니까 마음이 한결 가벼워진다. 고마워."

"나야말로 네 이야기 들으면서 많이 배우고 있어. 앞으로도 종종 네 농사 이야기 들려줘."

일반적으로 농지 300평(1,000㎡)은 농지원부 발급, 농업경영체

멈추지 않는 도전이 인생을 빛나게 한다!

등록, 농협 조합원 가입의 기본 요건이다. 그 외에도 여러 기준이 있지만, 경작자 기준이라 임차 농지도 상관없다.

나는 그 조건을 다 갖췄다. 농지원부도 있고, 농업경영체 등록도 했고, 농협 조합원 가입까지 완료! 거기에 친환경 퇴비 구입 보조까지 받았으니, 서류상으로는 명실상부한 '공식 농사꾼'이다.

하지만 현실은 다르다. 아직 농사 실력은 초보 딱지를 떼기도 먼 수준. 서류만 보면 베테랑 농부인데, 실제로는 호미질도 서툴고, 작물 키우는 건 더 어렵다. 그래도 서류가 있으니, 일단 '공인된' 농사꾼인 건 맞다. 진짜 농부가 되는 길은 아직 멀었지만, 적어도 행정적으로는 확실히 자격을 갖춘 셈이다.

## 나눔의 기쁨

"텃밭 농사를 하다 보면 수확한 작물을 나누는 것도 고민이야. 사람들은 유기농을 선호한다고 말하지만, 막상 받아보면 하우스에서 기른 것보다 품질이 떨어진다고 생각하더라고."
"맞아. 유기농이라고 하면 막연히 좋은 것처럼 들리지만, 실제로는 모양도 그렇고, 상품성이 부족하다고 여기는 사람들이 많지. 벌레가 벌벌 기어다니는 수확물에는 아내조차도 적응하는 데 시간이 필요했어."
"그러니 참 아이러니하지. 농약 한 방울 안 쓰고 자연 그대로 키운 건데, 정작 가져다주면 '이게 왜 이렇게 못생겼어?' 하는 반응이 나오니까. 사실 자연농법은 손도 많이 가고 애정도 더 필요해."

"그래도 네가 그런 마음으로 나누는 게 더 의미 있는 거잖아. 받는 사람들도 고마워하지 않아?"

"고마워하는 사람도 있지만, 속으로는 '이런 걸 왜 주지?' 하는 경우도 있더라고. 몇 번 그런 반응을 겪고 나니까 좀 주저하게 돼. 이제는 정말 필요로 하고, 그 가치를 이해해 줄 사람들에게만 나누려고 해."

"그게 맞는 선택일지도 몰라. 사실 직접 농사를 지어본 사람만이 그 가치를 알잖아. 자연 그대로 자란 작물들이야말로 진짜 건강한 건데 말이야."

"그렇지. 그래도 하우스 작물처럼 예쁘게 키우려고 해도, 우리 밭은 땅도 척박하고, 내 기술도 부족해서 한계가 있더라고. 그래도 내가 직접 키운 작물이라 애정은 가득하지."

"그 마음이면 충분하지. 결국 나눔에서 중요한 건 성의와 진심이니까."

"그래서 요즘은 교회에 가져다 놓고 '필요한 만큼 가져가세요' 하는 식으로 나눠. 부담도 덜고, 서로 고마운 마음으로 주고받으니까 좋더라고. 그리고 진짜 소비처는 작은형이지. 공주에서 식당을 하시니까 맘 놓고 농사를 짓는 거야. 하하."

"잘 생각했네. 그리고 그 작물들은 단순한 농산물이 아니라 네 시간과 정성이 깃든 결과물이잖아."

"맞아. 내가 정성 들여 키운 걸 나누는 건 결국 내 시간을 나누

멈추지 않는 도전이 인생을 빛나게 한다!

는 거니까. 그래서 더 신중해지는 것도 있지. 그래도 그 과정을 통해 사람들과 더 가까워지고, 내 농사에 대한 보람도 느껴."

## 현지인 외지인

"현지 마을 사람들과의 관계가 농사만큼이나 중요하다고 하더라."

"관계가 틀어지면 소송까지 가는 경우도 있더라고."

"소송까지? 단순한 마찰이 아니라 법적 분쟁으로까지 번진다고?"

"응, 직접 겪은 건 아니고 주변에서 본 일이야. 외지에서 온 사람들이 땅을 빌리거나 사서 농사를 시작하는 경우가 많잖아? 그런데 물 문제, 경계선 문제 같은 사소한 갈등이 커지면서 결국 법정까지 가는 경우가 있어."

"그런 일은 항상 작은 오해에서 시작되지. 말 한마디, 사소한 행동이 쌓여서 나중엔 돌이킬 수 없게 되는 거야."

"그래서 나도 처음부터 조심했어. 뭐든 하기 전에 '이게 혹시 갈등이 되지 않을까?' 하고 한 번 더 생각했지. 그런데 또 너무 신경 쓰다 보면 내 일도 못 하겠더라고. 그래서 나름의 기준을 세웠어. 무조건 인사는 잘하고, 도움을 요청하면 정성껏 돕는 것. 그리고 내가 필요할 때는 정말 정중하게 부탁하는 것."

"그게 기본이지만, 쉽지는 않지. 현지 사람들 입장에서는 외지인을 자연스럽게 경계할 테니까."

"맞아. 처음엔 나도 '왜 저렇게 까다롭지?' 했는데, 알고 보니 그들도 자기 땅과 생활을 지키고 싶은 거더라고. 특히 내가 빌린 땅이 국유지라서, 마을 사람들 중 몇몇은 '우리 땅인데 왜 네가 쓰느냐'는 식으로 말하기도 했어."

"정말 애매한 상황이었겠네. 그래도 잘 풀어나간 것 같아 보이는데?"

"큰 문제 없이 지나가서 다행이지. 마을 행사 같은 데는 참여하지 않았지만, 어르신들께 농작물을 조금씩 나누고, 필요한 일이 있으면 돕기도 했어. 그러다 보니 점점 편하게 받아주더라고."

"역시 먼저 다가가려는 노력이 중요하지. 외지인이든 현지인이든 서로 이해하려는 태도가 없으면 마찰을 피할 수 없잖아."

"그러게. 요즘은 오히려 마을 어르신들 덕분에 배우는 게 많아. 농사 노하우도 얻고, 인생 이야기도 듣고. 결국 농사는 땅만 경작하는 게 아니라, 사람들과 관계를 경작하는 일이기도 하더라고. 나중에는 더덕 모종이나 도라지 씨앗을 주기도 하더라구."

그는 차에 음료수 몇 병을 항상 싣고 다닌다고 했다. 그리고 마을 어르신들과 이야기할 때마다 한 병씩 건네며 정을 나눴다.

"음료수 챙겨 다니는 건 좋은 생각이네. 그런데 대화가 길어지는 건 문제 아니야?"

"그게 문제야. 한번 말을 트면 끝이 없어. 대부분 연세가 있는 분들이라, 하기는 나도 노인이다, 그지. 적적한 차에 대화 상대가 나타난 거잖아. 그래서 이야기가 계속 이어져 시간이 훌쩍 지나가곤 해."

"그럴 수도 있겠네. 인사는 해야 하고 관계도 유지해야 하지만,

멈추지 않는 도전이 인생을 빛나게 한다!

네 일도 해야 하잖아."

"그래서 요즘은 나름대로 규칙을 만들었어. 너무 길어질 것 같으면 '오늘 해야 할 일이 많아서요. 다음에 또 이야기 나눠요.' 하고 정중하게 빠져나오지. 그래도 가끔은 이 규칙도 무용지물이 되더라. 하하."

"그래도 네가 그렇게 신경 쓰는 게 마을 분들한테도 전해질 거야. 친근하게 다가가는 게 너의 장점이잖아. 너무 스트레스받지 말고, 네 일과 균형을 잘 맞춰가면서 해."

"앞으로도 음료수와 짧은 대화는 계속할 거야. 대신 내 일도 잘 챙기면서 말이지."

# 대전펠릿 컨테이너 사무실, 늦은 저녁

늦은 저녁, 대전펠릿 가게의 하루가 저물고 있었다. 사무실 안은 난로의 온기로 가득했지만, 적막함이 감돌았다. 성태는 장부를 정리하며 하루를 마무리하고 있었다. 그때, 휴대폰이 진동했다. 화면에는 '숙이'라는 이름이 떠올랐다.

전화를 받으며 고개를 들었다.

"숙아, 이 시간에 웬일이야?"

잠시 머뭇거리는 듯하더니, 조용한 목소리가 들려왔다.

"성태야… 바쁜데 전화했나 싶어서."

"아냐, 장부 정리하다가 잠깐 쉬고 있었어. 무슨 일이야?"

숙이는 한동안 망설이더니 조심스럽게 입을 열었다.

"사실… 오래전부터 전화하고 싶었는데, 어떻게 말을 꺼내야 할지 몰랐어."

성태는 목소리를 낮추며 되물었다.

멈추지 않는 도전이 인생을 빛나게 한다!

"왜? 무슨 일인데 그렇게 망설였어?"

숙이는 깊은 한숨을 내쉬었다.

"네 손녀 이야기 들었어. 정말 미안해. 그때 뭐라고 해야 할지 몰라서… 그냥 지나쳤어."

한동안 사무실에는 정적이 흘렀다. 성태는 고개를 들어 창밖을 바라보았다. 바람이 지나가며 컨테이너 벽을 스치고 있었다.

"그랬구나… 숙아, 네가 미안해할 일은 아니야. 그래도 이렇게라도 말해줘서 고마워."

"그동안 얼마나 힘들었을까… 나도 소식을 듣고 마음이 무거웠어."

"힘들었지. 하지만 이젠 조금씩 받아들이고 있어. 그 애가 평안했으면 하는 마음으로."

숙이는 한동안 말이 없었다. 그리고 나지막한 목소리로 덧붙였다.

"성태야, 이런 말밖에 못 해서 미안해. 정말 네가 괜찮아지길 바란다."

전화기 너머로 전해지는 위로가 조용한 사무실 안의 정적을 깼다. 성태는 다시 창밖을 바라보며 마음속에서 떠오르는 기억들을 차분히 정리했다. 난로의 불빛이 흔들리고, 밤은 점점 깊어 가고 있었다.

# 원망

겨울밤 공기가 차갑게 가라앉았다. 사무실 안은 따뜻했지만, 성태의 마음속엔 여전히 아물지 않은 상처가 남아 있었다.

"살아오면서 나름 많은 일을 겪었고, 어떻게든 잘 헤쳐왔지만… 올여름은 정말 견디기 힘들었어. 울며 또 울며… 그분을 많이 원망했지."

숙이는 조용히 성태의 말을 듣고 있었다.

"그럴 수밖에 없었을 거야. 정말 많이 힘들었겠지. 나도 그 소식 들었을 때 얼마나 가슴이 아팠는지 몰라. 너한테는 손녀였지만, 나한테도 가슴 아픈 일이었어. 그런데도 네가 이렇게 일상을 이어가고 있다는 게 참 대단하다고 생각해."

"대단한 게 아니라… 그냥 살아내는 거야. 솔직히 할 일이 없으면 미칠 것 같아서, 억지로라도 뭔가를 하고 있는 거지. 밭에 나가서 흙을 만지고, 작물을 보면서 마음을 조금씩 다잡으려 했어. 그런데도 가끔은 이 모든 게 무슨 의미가 있을까 싶더라."

성태의 목소리엔 깊은 피로가 묻어 있었다. 숙이는 조용히 숨을 내쉬었다.

"그건 너무 당연한 거야. 누구라도 그렇게 느꼈을 거야. 하지만 너는 그 아픔 속에서도 네 방식대로 살아가려고 애쓰고 있잖아. 농사도 짓고, 장사도 계속하고… 그게 얼마나 대단한 일인데."

"그렇게 말해줘서 고마워. 하지만 아직도 손녀를 떠올리면 가슴이 너무 아파. 아무리 일상으로 돌아가려 해도 쉽지가 않더라. 여

멈추지 않는 도전이 인생을 빛나게 한다!

름 내내 왜 나한테, 왜 우리 가족한테 이런 일이 일어났는지 이해할 수가 없었어.”

“그런 감정은 너무나 자연스러운 거야. 의미를 찾으려고 애쓰지 않아도 돼. 그냥 하루하루를 견뎌내는 것만으로도 충분히 잘하고 있는 거야. 그리고 네 손녀는 네 마음속에 항상 있을 거잖아. 그 사랑이 너를 더 강하게 만들 거야.”

한동안 두 사람은 말없이 서로의 숨소리를 들었다. 숙이가 조심스레 말을 이었다.

“성태야, 사실 이런 이야기를 듣는 게 힘들기도 하지만, 네가 이렇게라도 마음을 털어놔서 다행이야.”

“나도 이런 이야기를 꺼내는 게 쉽지 않았는데, 네가 있어서 다행이야.”

“언제든 말해줘. 내가 들어줄게. 그리고 너무 혼자서만 견디려고 하지 마. 주변에 네 마음을 나눌 사람들도 찾아봐. 너는 혼자가 아니야.”


성태는 휴대폰을 손에 쥔 채 한동안 생각에 잠겼다. 난로의 불빛이 조용히 타오르며, 깊은 밤의 정적 속에서 그의 마음도 조금씩 정리되고 있었다.


## 부탁

“그래, 지금까지 나눈 이야기를 모아서 책을 만들어 볼 생각이야. 이왕이면 머리글을 좀 부탁해도 될까?"

숙이는 잠시 생각하는 듯하더니, 분위기를 바꾸려는 듯 장난스럽게 물었다.

"그런 부탁이라면 당연히 들어줘야지. 그런데 특별히 바라는 게 있어?"

"칭찬이나 찬사는 뺐으면 해. 격려도 필요 없어. 그냥 잔잔하게 써주라."

숙이는 피식 웃으며 답했다.

"너답지 않게 잔잔하게 부탁을 하네. 알겠어. 최대한 네가 원하는 분위기로 써볼게."


숙이가 보내온 머리글을 읽으며 성태는 깊은 숨을 내쉬었다.

머리글

성태는 늘 삶을 '버틴다'는 말로 표현하곤 했다. 어쩌면 그의 인생에 가장 어울리는 단어일지도 모른다. 공무원 생활 40년 동안, 장사 10년 동안, 그리고 농사 5년 동안 그는 쉬지 않고 움직이며 무언가를 해왔다. 버틴다는 건 그냥 시간을 흘려보내는 것이 아니라, 삶을 살아내는 방식이었다.

나는 성태를 오래 알아왔다. 가끔은 엉성하고, 때로는 고집스럽지만, 그의 이야기를 듣다 보면 어느새 그의 세계 속으로 빠져들게 된다. 이번에 그는 은퇴 후의 시간을 담은 책을 엮는다고 했다. 거기에는 그가 겪은 위암 수술, 장사와 농사 이야기, 그리고 가족과의 소중한 추억들이 담겨 있다.

성태는 자신의 이야기가 특별할 것 없다고 말하지만, 나는 그 이야기들이 그

멈추지 않는 도전이 인생을 빛나게 한다!

의 삶을 이루는 중요한 조각들이라고 생각한다. 이 책은 그런 조각들을 모아 하나의 그림을 완성한 것과 같다. 평범한 하루하루가 모여 지금의 그를 만든 것처럼, 이 책도 그런 시간들의 집합체다.

읽는 이가 이 책에서 무엇을 느낄지는 알 수 없다. 다만, 성태의 이야기가 조용히 마음속에 닿아, 각자의 삶을 돌아보는 작은 계기가 되었으면 한다.

— 2024년 겨울, 숙이가.


# 언젠가

숙이가 보내온 머리글을 천천히 읽고 난 뒤, 이렇게 말했다.

"너무 고마워. 언젠가 네 이야기도 듣고, 머리글을 써줄 수 있는 영광이 내게 주어지길 바라며… 거듭 고맙다는 말 전하고 싶어."
숙이는 부드럽게 웃으며 답했다.
"정말 고마운 건 나야. 네 이야기를 들으며 나도 많은 걸 느끼고 배우게 돼. 이렇게 오래된 인연이 서로에게 힘이 되고, 또 이렇게 책으로까지 이어지는 게 얼마나 감사한 일인지 몰라."
"언젠가 네 이야기를 쓸 날이 오면, 꼭 나에게 부탁해. 내가 네 이야기를 들어주고 머리글을 써줄 수 있다면, 정말 큰 영광일 거야."
"그럼 당연히 너에게 부탁하지. 그날이 오면, 네가 나보다 더 잔잔하게 써주겠지?"

"하하, 글쎄. 그때 가봐야 알겠지."

"오늘도 이렇게 이야기 나눌 수 있어서 고맙다. 책 꼭 멋지게 완성되길 바라고, 너다운 글이 되길 진심으로 응원할게."


## 뭐가 다르랴, 욕심과 본능

성태가 갑자기 뜬금없는 질문을 던졌다.

"숙아, 원숭이 잡는 방법 알아?"

"원숭이 잡는 방법? 성태야, 갑자기 웬 뜬금없는 질문이야? 뭐야, 또 무슨 얘기를 하려는 거야? 제발 이번엔 너무 주제에서 벗어나지는 말자."

성태는 웃으며 이야기를 이어갔다.

"이거 재미있는 이야기야. 내가 들은 건데, 사람들이 원숭이를 잡을 때 항아리 안에 과일이나 견과류를 넣어 둔대. 항아리 입구는 손만 간신히 들어갈 정도로 작게 만들어 놓고."

"어, 뭔가 감이 오는 듯한데? 그래서 원숭이가 어떻게 한다고?"

"원숭이가 손을 쑥 넣어서 과일을 꽉 잡잖아? 그런데 손을 쥐니까 항아리 입구에서 손이 빠지지 않는 거야. 과일을 놓으면 쉽게 손을 뺄 수 있는데, 그걸 못 놓고 끝까지 잡고 있다가 결국 잡히는 거지."

"아하! 그래서 결국 원숭이가 과일을 못 놔두고 잡히는 거구나. 진짜 웃기네, 그걸 못 놓고 있다니."

멈추지 않는 도전이 인생을 빛나게 한다!

"그렇지? 그런데 이게 단순히 웃긴 이야기가 아니라, 우리 인간도 별반 다르지 않다는 생각이 들더라고."

"뭐야, 또 철학적으로 가는 거야? 왜 인간이랑 원숭이가 같다는 거야?"

"그냥 생각해 봐, 숙아. 우리도 어떤 걸 꽉 붙들고 놓지 못해서 오히려 스스로를 갇히게 만드는 경우가 많잖아. 어떤 욕심이든, 미련이든, 그걸 놓으면 편한데 끝까지 붙잡고 있는 거지."

"어우, 성태야. 갑자기 좀 뼈 맞는 이야기네. 나도 생각해 보니 그런 거 좀 있는 것 같아. 너도 그런 경험 있어?"

"많지. 사업 처음 시작할 때도 그렇고, 암 투병할 때도 그랬고. 꼭 붙잡고 있어야만 내가 괜찮아질 것 같은데, 나중에 보니까 그걸 내려놓는 게 오히려 살길이더라고."

"그 말, 너무 공감된다. 나도 내가 붙잡고 있던 걸 내려놓고 나서야 비로소 숨통이 트인 적이 있었던 것 같아."

"그치? 그래서 이 원숭이 이야기 들으면서 너랑 나 같은 사람들에게도 딱 맞는 얘기라는 생각이 들었어. 결국 중요한 건 필요한 건 잡고, 쓸데없는 건 과감히 놓는 거지."

"진짜 그렇다. 원숭이 잡는 방법이 이렇게 깊은 깨달음을 줄 줄이야. 성태야, 그런데 너 요즘 원숭이처럼 못 놓고 있는 거 있어?"

"있지, 뭐. 근데 이제 조금씩 내려놓는 연습을 해보려고. 숙아, 너도 혹시 못 놓고 있는 거 있으면 하나씩 내려놓아 봐. 생각보다 가벼워질 거야."

"알겠어, 성태야. 나도 내 인생 항아리에서 뭔가 하나씩 꺼내놔야겠네. 오늘 또 좋은 이야기 들려줘서 고마워."

# 미련, 미련, 건강을 잃으면 무슨 소용

조용한 밤, 성태는 문득 지난 일을 떠올리며 씁쓸한 웃음을 지었다.

"알면 뭐 해? 2016년 12월 겨울에 급성 맹장염(충수염)인 줄도 모르고 통증을 참고서 가게를 계속 지키며 장사하다가 복막염이 될 뻔한 일도 있었지."

"진짜 너는… 참, 미련한 걸로 따지면 전공자야. 맹장염을 참고 가게를 지켰다고?"

"그때 가게가 한창 잘 돌아가고 있었거든. 몸이 이상한데도 '좀 쉬면 괜찮아지겠지' 하고 버틴 거야."

"그래도 아프면 병원부터 가야지. 그걸 참고 장사를 해?"

"그러니까 말이야. 그냥 소화불량이나 근육통인가 했어. 그런데 점점 통증이 심해지더라고. 그래도 손님은 계속 오지, 물건은 계속 나가야지. 가게 문 닫는다는 생각은 꿈에도 안 했어."

"그래서 어떻게 됐는데? 맹장이 터지기 직전까지 갔던 거야?"

"응. 결국 참다 참다 병원에 갔더니 의사가 뭐라더라… '왜 이렇게 될 때까지 참았냐'고 하더라. 복막염으로 발전하기 직전이었대. 바로 119 구급차로 성모병원에 실려가 바로 수술대에 올라갔지."

"진짜 그 정도면 운이 좋았던 거야. 복막염 됐으면 더 큰일이었을 텐데. 그런데, 설마 수술하고도 쉬지 않고 가게 나간 건 아니지?"

성태는 머리를 긁적이며 헛웃음을 지었다.

"아니지… 그랬지."

"뭐? 수술하고 며칠 안 돼서 나갔다고?"

"그때가 제일 바쁠 때였잖아. 그냥 가게에 앉아만 있으려고 했는데, 손님들 오고 하니까 또 일을 하게 되더라고."

"정말 미쳤구나. 몸 하나밖에 없는데, 그걸 그렇게 굴렸단 말이야?"

"지금 생각하면 정말 어리석었지."

"그렇게까지 몸을 혹사시키면서 지켜야 할 게 뭐였는데?"

"그때는 돈이었겠지. 아니면 책임감이었겠지. 그런데 지금 돌이켜보면, 돈도 책임감도 중요하지만… 내 몸이 먼저더라고. 그걸 그때는 몰랐던 거지."

"그러니까. 뭐가 중한지 알아야지. 너 맹장염 때뿐만 아니라 다른 때도 그런 식으로 일하면서 몸 상한 적 많지 않아?"

"몸이 신호를 보내는데도 무시해서 기억하기 싫지만 결국 암에 걸린 거지. 갑자기 슬프다야."

"그래, 네가 그렇게 열심히 살아온 건 인정하는데, 이제는 좀 쉬어가면서 해야 하는 거 아냐? 그렇게 아프고도 또 일만 하면 진짜 나중에 후회할 날 올 수도 있어."

"맞아, 숙아. 그래서 요즘은 조금 다르게 생각하려고 노력해. 돈이든 일이든 다 좋지만, 몸을 챙기지 않으면 아무 소용없다는 걸 이제는 좀 깨달았어. 늦었지만, 그래도 다행이지?"

"그럼. 성태야, 너 지금까지 정말 어리석은 짓도 많이 했지만, 그래도 이렇게 살아남아서 나랑 대화하고 있는 게 얼마나 고마운 일인지 몰라."

"맞아. 나도 네가 이렇게 들어주고 잔소리도 해줘서 고맙다, 숙아. 내가 이렇게 이야기하면서 또 한 번 깨닫게 되네. 뭐가 중한지."


창밖에는 겨울바람이 불고 있었지만, 두 사람의 대화 속에서 조금씩 온기가 퍼지고 있었다.


## 하는 일이나 잘하세요

"펠릿은 겨울 장사잖아?"

"그렇지. 이 우드펠릿 장사는 한겨울 4~5개월 동안만 매출이 나고, 나머지 기간엔 거의 제로야. 그래서 여름엔 식당에 참숯을 팔기도 했었지. 2~3년 정도 했나. 바로 접었어. 규모의 경제가 안되니까 경쟁이 안 되더라고. 몸도 안 따라주고. 그러다 농사를 시작하면서 완전히 손을 뗐지."

"그렇지, 성태야. 한겨울 장사하면 나머지 시간은 참 허허로울 것 같은데. 그래도 여름엔 뭔가 해보려고 했다는 게 대단하다. 그런데 왜 그렇게 금방 접었어?"

"처음엔 괜찮아 보였어. 진성이, 성호나 성수 같은 친구들이 소개해 줘서 식당에 참숯을 납품하면서 조금씩 자리 잡히나 싶었거든. 늦게 뛰어든 내가 팔 수 있는 양으로는 대량으로 싸게 파는 업체들과 도저히 경쟁이 안 됐어. 거래처는 늘었지만, 마진이 너

멈추지 않는 도전이 인생을 빛나게 한다!

무 적어서 유지가 힘들었지."

"아, 그러면 단가를 맞추기도 힘들었겠네. 그런데 몸도 안 따라 줬다니, 그게 더 큰 문제였겠다."

"맞아. 한여름에 땀 뻘뻘 흘리며 참숯 배달하고 창고 관리하는 게 보통 일이 아니더라고. 한겨울에 펠릿 나르던 것과는 또 다른 강도의 노동이었지. 그래서 고민 끝에 접었어. 뭐, 더 붙잡고 있었다면 아마 건강이 먼저 무너졌을 거야."

"그런데, 참숯 접고 바로 농사를 시작한 거야? 그건 어떻게 된 거야?"

"응, 사실 농사를 시작한 건 단순히 여름 매출 공백 때문만은 아니었어. 위암 수술을 받고 나서 내 몸을 돌보는 일이 최우선이라는 걸 깨달았거든. 텃밭을 가꾸는 건 그런 선택 중 하나였지."

"아… 맞다, 성태야. 그 얘기 전에 했었지. 수술 이후라면 몸도 마음도 많이 달라졌을 것 같아."

"그렇더라. 건강을 유지하려면 뭔가 몸에 맞는 활동을 찾아야 했어. 그때 생각난 게 농사였지. 처음엔 그냥 작은 텃밭에서 간단히 시작했어. 뭐랄까, 몸을 적당히 쓰면서도 땅에서 얻는 성취감이 있잖아."

"응, 흙 만지고 땀 흘리는 게 정말 좋은 치유가 되기도 하잖아. 그 선택이 참 잘한 일이었네."

"맞아. 장사만 하던 때보다 훨씬 마음이 편안해졌어. 농작물이 조금씩 자라는 걸 보는 재미도 있고, 내 손으로 뭔가를 키운다는 게 큰 위안이 됐어."

"그래도 처음 시작할 땐 힘들지 않았어? 땅 고르고 씨 뿌리는 게 쉽지는 않았을 텐데.”

“쉽지 않았지. 특히 내가 빌린 땅이 오래 방치된 곳이라 거의 개간 작업 수준이었거든. 곡괭이 휘두르고 삽질하며 땅을 고르다 보니 온몸이 쑤셨지. 그런데 신기하게도, 그 과정에서 몸이 점점 나아지는 걸 느꼈어. 땀 흘리면서 몸도 단련되고, 마음도 단단해지는 기분이더라고.”

“그랬겠네. 텃밭에서 일하는 게 수술 이후 몸을 회복하는 데도 도움 됐겠다.”

“응. 그리고 땅과 자연 속에서 보내는 시간이 내가 잃어버렸던 마음의 여유를 되찾게 해줬어. 처음엔 단순히 몸을 움직이려는 의도였는데, 하다 보니 어느새 내 생활의 중요한 일부가 돼 버렸지.”

“그럼 텃밭 가꾸는 게 단순한 농사를 넘어서 성태 네 삶의 중심축 같은 게 됐네.”

“그렇지. 이제는 텃밭이 내 삶의 쉼표 같은 곳이야. 한겨울엔 우드펠릿 장사하고, 봄부터 가을까진 농사를 짓고. 그렇게 한 해 한 해를 살아가고 있어. 그러니 내가 텃밭을 선택한 건 위암 수술 후의 어쩌면 필연적인 선택이었지.”

“참 잘했어, 성태야. 네 이야기를 들으니 나도 내 마음과 몸을 돌볼 활동을 찾아야겠다는 생각이 드네.”

돌봄 이야기를 하다 갑자기 생각난 듯 화제를 돌린다.

멈추지 않는 도전이 인생을 빛나게 한다!

# 사랑방

"참, 엊그제 네 초등학교 동창, 내게는 고등학교 동창인 준학이가 사무실에 들렀어. 네 얘기 하는 걸 듣고는 옆에서 같이 듣더니, 옛날 생각난다고 2시간 넘게 수다 떨다 갔지."

"아니, 준학이? 초등학교 때 말 한마디 잘 못 붙이던 애가, 나이드니까 더 수다스러워졌네."

"나이 들면 다 그래. 그런데 그게 또 묘하게 재미있더라고. 너랑 통화하는 걸 듣고는, 네 얘기가 반갑다면서 옛날 얘기를 마구 쏟아내더라. 이런 게 참 묘하더라. 사람과 사람 사이의 연결고리가 이렇게 우연히 이어지는 거 말이야."

"그러게, 이렇게 한 명 한 명 얽히고설켜서 이어지는 게 관계라는 거지. 근데 성태야, 네 사무실이 진짜 사랑방 같은 역할을 하나 보네?"

"응, 그렇다니까. 내가 장사하면서 가장 좋았던 게 이런 거야. 허름한 컨테이너 사무실이지만, 그래서 부담이 덜해서인지 친구나 옛 동료들이 종종 들러서 시간을 보내고 가거든. 특히 은퇴한 친구들이 많아. 장사는 뭐 대단한 건 아니지만, 이런 사랑방 같은 공간은 만들어졌어."

"그럼 너희 사무실은 우드펠릿 판매소가 아니라 '성태네 사랑방'이네. 은퇴자들의 아지트 같아."

"하하, 그런 셈이지. 어떤 날은 정말 바빠서 대화할 시간이 없는데, 또 어떤 날은 한가해서 친구들이랑 느긋하게 수다 떨다 보면 시간이 금방 가더라고. 옛날 얘기도 하고, 요즘 사는 얘기도 나누고."

"그게 진짜 좋은 거야, 성태야. 사람 사이의 정이 얼마나 중요한데. 너도 그 정 덕분에 장사하면서 외롭지 않았던 거 아닐까?"

"맞아, 숙아. 나도 그 정 때문에 버틸 수 있었던 것 같아. 장사가 잘 안 될 때도, 이런 친구들이 와서 웃어주고, 얘기 나눠주면 그게 큰 힘이 되더라고. 가끔은 친구들뿐만 아니라 고객분들이랑도 커피 마시면서 이야기 나누지."

"성태야, 너 진짜 복 받은 거야. 이렇게 친구들하고 동료들한테 사랑받고, 네가 또 그 사랑을 나눠주고. 앞으로도 그 사랑방, 계속 열어둬야겠네."

"응, 숙아. 내가 할 수 있는 건 이런 인연을 소중히 여기는 거겠지."


'기차에서 만난 이방인 현상(Stranger on a Train Phenomenon)'이란 게 있다. 낯선 사람에게 오히려 속 깊은 이야기를 털어놓게 되는 현상이다.


내 가게에서도 그런 순간이 있다. 우드펠릿을 사러 온 손님이 뜻밖에 삶의 이야기를 꺼낸다. 가족 이야기, 건강 고민, 지나온 인생의 굴곡까지. 나는 조용히 듣는 편이고, 그걸 또 은근히 즐긴다.


문제는 가끔 기억을 못 한다는 것. 전에 길게 얘기했던 손님이 "사장님, 지난번에 다 말씀드렸잖아요!"라며 핀잔을 주기도 한다.

멈추지 않는 도전이 인생을 빛나게 한다!

그래도 우리는 다시 이야기하고, 또 웃는다.

기차가 역을 지나듯, 내 가게도 그런 대화들이 스쳐 지나간다. 그리고 그 순간들은 생각보다 꽤 따뜻하다.

# 대전펠릿, 가을 오후

대전펠릿 가게 앞에는 겨울을 대비한 우드펠릿이 산더미처럼 쌓여 있었다. 가을 햇살이 따스하게 가게를 감싸고, 바람이 선선하게 불어왔다. 숙이가 가게 앞에서 주위를 두리번거리며 문을 두드렸다.

"성태야, 여기 맞지? 나 숙이야."
문이 열리며 익숙한 얼굴이 나타났다.
"숙이, 어서 와. 여기가 내 가게야."
"여기 처음 와봤는데, 펠릿이 이렇게 많이 쌓여 있을 줄은 몰랐네."
"겨울 준비지. 대전역에서도 가깝고, 나한텐 딱이야."
숙이는 가게 안을 둘러보며 피식 웃었다.
"그래도 꽤 깔끔하게 해놨다. 네 성격 생각하면 더 어지러울 줄 알았는데?"

멈추지 않는 도전이 인생을 빛나게 한다!

"너무 깔끔하면 나답지 않잖아."

"그런가? 그래도 네가 잘하고 있는 것 같아. 보기 좋다."

늦은 가을볕 아래서 가벼운 대화를 나누며 두 사람은 사무실로 들어갔다. 오늘의 대화는 믹스커피 한 잔과 함께 시작되었다.


## 열정과 냉정 사이, 쉼의 필요성

커피향과 펠릿난로 불빛이 은은하게 퍼지는 은은하게 퍼지는 사무실 안. 성태는 커피를 한 모금 들이켜며 천천히 말을 꺼냈다.

"숙아, 요즘 들어 내가 좀 지쳐 있다는 걸 느껴. 퇴직 후 계속 장사를 하다 보니 이제는 심드렁해졌어. 그렇다고 새로운 걸 시작하기엔 나이가 걸리고, 70살이 결코 젊은 나이는 아니잖아. 듣기 좋으라고 응원만 하지 말고, 냉정하게 조언 좀 해줘."

숙이는 천천히 고개를 끄덕였다.

"성태야, 그 지침은 너무나 당연한 거야. 그렇게 오랜 시간 같은 일을 반복하다 보면 누구라도 지칠 수밖에 없어. 그리고 네 말대로 70이라는 나이는 새로운 시작이 부담스러울 수도 있지. 무작정 새롭게 시작하는 건 리스크가 클 수도 있어."

"그치, 나도 그게 걸려. 솔직히 뭔가 새로 시작한다는 게 겁도 나고, 체력적으로도 힘들 것 같아."

"그렇다고 지금처럼 계속 가는 게 네게 맞는지도 생각해봐야 하지 않을까? 스스로 '심드렁해졌다'고 느낀다는 건, 장사에 대한 애정을 잃어가고 있다는 신호일 수도 있어."

"맞아. 예전에는 손님 상대하는 것도 재미있었고, 매출에 따라 기분도 왔다 갔다 했거든. 그런데 요즘은 그냥 기계적으로 하고 있는 느낌이야."

"그게 문제야. 단순히 돈을 버는 게 아니라 의미와 재미가 있어야 장사를 계속할 수 있지. 그걸 잃어버리면 더 지칠 수밖에 없어."

"그래서 요즘 이런 생각이 들어. 내가 이 길을 계속 가야 하는지, 아니면 멈춰야 하는지."

숙이는 진지한 표정으로 말했다.

"냉정하게 말하자면, 70살이면 지금까지 열심히 살아온 것만으로도 충분해. 장사도 그만큼 했으면 역할을 다했다고 볼 수 있지. 이제는 네 자신을 위해 시간을 써보는 것도 나쁘지 않을 것 같아."

"그럼 장사를 접으라는 거야?"

"접으라는 게 아니야. 네가 꼭 매일 직접 하지 않아도 되는 방법을 고민해보라는 거야. 규모를 줄인다든지, 운영 방식을 바꿔서 네가 덜 관여하는 방법도 있겠지."

"음… 그럴 수도 있겠네. 어차피 내가 이 장사를 얼마나 더 할 수 있을지 생각도 해봤거든."

"중요한 건 네 건강과 마음이야. 돈도 물론 중요하지만, 네가 계속 지쳐가면서 사는 게 과연 맞는지 잘 생각해봐. 장사뿐 아니라 농사까지 병행하느라 제대로 쉬지도 못했잖아."

　　　　　　멈추지 않는 도전이 인생을 빛나게 한다!

"맞아. 사실상 그동안 제대로 쉰 적이 없었던 것 같아."

"처음엔 새로운 일이 신나고 즐겁다가도, 시간이 지나면 일상이 되고, 의무가 되고, 결국 부담이 되잖아. 그러니 이제는 잠시 멈추고 쉬는 시간을 가져보는 건 어때?"

"쉬어야 한다는 건 알겠는데, 막상 쉬려고 하면 불안해. 내가 워낙 가만히 있는 걸 못 견디는 성격이라 그런가 봐."

"성태야, 휴식도 삶의 일부야. 쉬는 게 낯설고 불안할 수 있지만, 쉼이 있어야 다음을 준비할 힘도 생기는 거잖아."

"그렇지. 그런데 갑자기 모든 걸 멈추는 건 쉽지 않을 것 같아."

"모든 걸 멈추라는 게 아니야. 하루라도, 주말이라도 네 몸과 마음을 쉬게 하는 시간을 만들어보라는 거야. 그런 시간조차 없으면 계속 지치기만 할 거야."

"알았어. 네 말대로 한 번 쉬는 것도 고민해볼게. 너랑 이야기하니까 위안이 된다."

"성태야, 네가 정말 열심히 살아온 건 맞아. 이제는 조금 네 자신을 돌볼 때야. 무리하지 말고 천천히 생각해봐. 나는 네가 뭐든 잘 해낼 거라고 믿어."

## 생산적 노동, 소비적 노동

커피 한 잔을 다 마신 성태가 빙긋 웃으며

"요즘은 장사보다 농사가 더 흥미가 있어. 그런데 돈 되는 농사가 아니라 돈이 드는 농사야. 그래서 내가 새로운 말을 만들어냈지. 생산적 노동과 소비적 노동. 그럴듯하지?"

숙이가 피식 웃었다.

"성태야, 너 참. 그럴듯하게 말 만들어내는 건 예전부터 선수였지. 생산적 노동과 소비적 노동이라… 흥미롭네."

"그렇지? 장사는 돈을 벌기 위한 거니까 생산적 노동이고, 농사는 돈이 되긴커녕 들어가는 돈이 더 많아. 그런데도 이상하게 더 재미있어."

"그러니까 그게 소비적 노동이라는 거구나. 돈은 드는데 네 마음은 충족되고 즐거우니까."

"맞아. 농사를 하다 보면 땅이랑 대화하는 기분도 들고, 작물이 자라는 걸 보면 기분이 좋아져. 그게 꼭 돈으로 보상받는 건 아니어도 뿌듯하더라고."

"그게 더 중요한 거 아닐까? 우리는 다 돈 때문에 일을 하지만, 그 안에서 진짜 의미를 찾는 건 쉽지 않잖아. 너는 농사에서 그걸 찾은 거고."

"그래서 요즘은 장사는 그냥 의무감으로 하는 것 같고, 농사는 진짜 내가 하고 싶은 일이라는 생각이 들어. 물론 돈은 안 되지만 말이야."

"그래도 돈이 안 되는 일이라도 네 마음이 즐거우면 그걸로 충분하지 않겠어? 지금처럼 네 방식대로 잘해봐. 난 네가 하고 있는 모든 게 결국 의미 있는 걸로 이어질 거라고 생각해."

창밖으로 가을볕이 기울었다. 성태는 창밖을 바라보며 나지막이 말했다.

멈추지 않는 도전이 인생을 빛나게 한다!

"맞아. 돈보다 더 중요한 게 뭔지 이제야 조금씩 알 것 같아."

## 나의 기록, 나의 역사

가을 햇살이 사무실 창문을 비추고 있었다. 성태는 책상 한쪽에 쌓인 노트를 가볍게 두드리며 말했다.

"네가 알다시피 나는 꼼꼼한 거랑 거리가 멀지. 엉성한 게 자타 공인 내 매력 포인트잖아. 그래도 장사는 물론이고, 농사도 나름 대로 기록하고 있어. 영농일지만 벌써 다섯 권이나 됐어."

숙이는 피식 웃으며 고개를 저었다.

"하하, 맞아. 너 엉성한 게 너만의 매력이잖아. 근데 영농일지를 다섯 권이나 썼다고? 그건 엉성한 게 아니라 엄청난 거야. 꾸준히 기록하는 게 어디 쉬운 일이냐?"

"뭐, 나답게 쓰긴 했지. 날짜도 가끔 빼먹고, 뭘 심었는지도 두 서없이 적어놨지만, 그래도 쌓이다 보니까 제법 볼 만하더라고. 내가 뭘 심었는지, 어떻게 키웠는지, 뭐가 잘되고 뭐가 망했는지 다 기록돼 있으니까 가끔 다시 보면 나름 뿌듯해."

"그게 진짜 대단한 거야. 그렇게 기록을 남기면서 배우는 것도 많을 거고, 너만의 농사 이야기가 쌓이는 거잖아. 엉성하게 썼든 꼼꼼하게 썼든 중요한 건 네가 계속해 왔다는 거지."

"그래, 장사도 그렇고 농사도 그렇고 그냥 가보는 거야. 근데 이렇게 기록으로 남기니까 잘했다는 생각이 들어."

"맞아. 네가 쓴 영농일지, 나중에 책으로 엮어도 괜찮을 것 같아. 농사와 장사의 이야기를 묶어서 엉성한 기록 속의 삶 뭐 이런 느낌으로 말이야."

성태는 피식 웃으며 고개를 끄덕였다.

"하하, 제목도 벌써 나오네. 엉성한 기록 속의 삶, 그럴싸하다. 농사뿐만 아니라 장사 얘기도 다 기록해 놨으니까 한 번 책으로 엮어보는 것도 괜찮을 것 같네."

"그럼, 괜찮고말고. 너만의 이야기니까 더 소중한 거야. 빈틈이 보이는 게 매력이라고 생각하는 사람도 많을 거야. 그러니까 네 이야기, 네 기록을 더 자랑스럽게 생각해."

"숙아, 네가 이렇게 응원해 주니까 힘이 나네. 나중에 정말로 책으로 엮으면 제일 먼저 너한테 보여줄게."

## 『암중일기』, 아픈 기록

성태는 잠시 창밖을 바라보다가, 조용한 목소리로 입을 열었다.

"위암 투병기에 쓴 『암중일기』도 내겐 소중한 기록이지. 슬픈 이야기이긴 하지만, 결국 그 기록이 책으로 나왔잖아. 네가 꼼꼼히 읽어주고 틀린 부분도 알려줘서 2쇄 때 고치기도 했고."

숙이는 고개를 끄덕이며 미소 지었다.

"맞아. 네가 위암 수술 후에 쓴 『암중일기』, 정말 감명 깊게 읽었어. 그때 네가 얼마나 힘들었을지 알기에 더 마음에 와닿았던 것

멈추지 않는 도전이 인생을 빛나게 한다!

같아. 근데 성태야, 그렇게 힘든 상황에서도 기록을 남겼다는 게 참 대단한 거야."

"힘든 시간이었지. 그런데 이상하게도 그때는 뭔가 남기고 싶다는 생각이 강했어. 그냥 지나가 버리면 너무 허무할 것 같았고, 그 시간을 견뎌낸 나 자신에게 증거를 남기고 싶었달까."

"그래서 네가 그 책을 낸 거잖아. 처음 원고 받았을 때, 한 문장 한 문장 네 마음이 느껴지더라고. 그래서 더 꼼꼼히 읽고, 수정할 부분들을 찾아서 알려줬던 거고."

"솔직히 책을 낼 생각은 처음엔 없었어. 그냥 내 마음을 정리하려고 쓴 거였는데, 사람들이 읽어주고 공감해 준다는 게 참 고맙더라."

"너의 기록이니까 공감이 갈 수밖에 없지. 너무 꾸미려고 하지 않고, 그냥 너답게 솔직하게 썼잖아. 그게 독자들한테 더 와닿았던 것 같아."

성태는 커피잔을 가만히 내려놓으며 조용히 웃었다.

"참 이상하지? 그때는 하루하루가 너무 힘들었는데, 이렇게 지나고 보니까 그 기록들이 내가 살아온 걸 증명해 주는 것 같아서 뿌듯하기도 해."

"당연하지. 네가 얼마나 잘 버텨왔는지를 보여 주는 증거잖아. 만약 그 기록들이 없었으면 네가 지나온 시간을 이렇게 정리할 수도 없었을 거야."

"숙아, 네가 그렇게 읽어주고 응원해 준 게 큰 힘이 됐어. 책을 낸 뒤에 사람들 반응을 들을 때마다 네 생각도 나더라고."

"나는 네가 앞으로 또 다른 책을 낼 거라고 믿어. 네 이야기는 아직 많이 남아 있잖아. 『암중일기』는 시작일 뿐이고."

성태는 잠시 망설이다가 웃으며 말했다.

"그럴까? 또 책을 낼지는 모르겠지만, 네가 내 이야기를 응원해 주는 것만으로도 참 고맙다."

숙이는 잔잔한 미소를 지으며 말했다.

"성태야, 너는 늘 기록을 남기는 사람이잖아. 앞으로도 계속 네 이야기를 남겨봐. 네 기록이 네 역사가 되는 거니까."

창밖으로 가을빛이 따스하게 스며들었다. 커피잔에서 피어오르는 김처럼, 두 사람의 이야기도 조용히 흩어지며 깊은 여운을 남겼다.

『암중일기』, 2021. 2. 11. 출간

# 서울역 카페, 오후

서울역 카페, 창가 자리. 창밖으로 사람들의 발걸음이 분주히 오간다. 따뜻한 커피잔을 손에 쥐고 숙이가 먼저 입을 열었다.

"성태야, 여기까지 어쩐 일이야? 바쁘다면서."
"그냥. 특별한 이유는 없어. 네 얼굴 보고 싶어서…가 아니고, 하하. 서울대병원에서 정기진료 받고 대전 내려가는 길이야."
"싱겁기는 여전하구만. 이상 없구?"
"그럼."
우리는 커피를 마시며 천천히 이야기를 나누었다.


## 주인공

커피잔을 내려놓으며 성태가 조심스레 말을 꺼냈다.

멈추지 않는 도전이 인생을 빛나게 한다!

"지금까지 대화 나눠 줘서 고마워. 이 이야기들을 책으로 내려고 출판사 〈북랩〉과 계약을 했어. 아직 여러 절차가 필요하겠지만, 3월이면 책으로 볼 수 있을 거야. 그리고 네가 주인공이야, 숙. 거듭 고맙다."

숙이는 놀란 듯 눈을 크게 떴다가 이내 웃으며 말했다.

"정말? 성태야, 대화 나누는 것만으로도 즐거웠는데, 이걸 책으로 내다니… 게다가 내가 주인공이라니, 이거 영광인데? 진짜 고맙다."

"내가 더 고맙지, 숙아. 네가 아니었으면 이 이야기가 이만큼 살아 숨 쉬지 못했을 거야. 네 질문, 네 리액션 하나하나가 나를 돌아보게 했고, 결국 이 대화가 책의 중심이 되었거든."

"아니야, 성태야. 이건 네 이야기야. 네 삶이 얼마나 진솔하고 따뜻한지 느껴졌어. 난 그저 약간 거들었을 뿐이야. 그런데 정말 3월이면 책이 나온다고?"

"응. 출판사랑 계약했고, 해야 할 일도 많고 절차도 남았지만, 그래도 그때쯤이면 책으로 볼 수 있을 것 같아."

"와, 그러면 나도 당장 예약해야겠네. 사인 받으러 네 사무실로 가야겠다. 그런데 성태야, 이렇게 큰 결정을 하고 나한테 알려줘서 진짜 고마워."

"내가 더 고맙다니까, 숙아. 네가 없었으면 이 대화 자체가 없었을 거잖아. 이 책이 단순한 이야기가 아니라, 우리 삶의 기록이 되었다는 게 너무 좋아. 그리고 너도 잊지 마. 네가 이 책의 진짜 주인공이야."

숙이는 피식 웃으며 커피를 한 모금 마셨다.

"하하, 내가 주인공이라니 쑥스럽네. 그래도 네 이야기가 많은 사람들에게 울림을 줄 거야. 진심으로 축하하고, 진심으로 고마워, 성태야."

"고맙다, 숙아. 나도 네가 옆에 있어 줘서 정말 다행이고, 고마워. 우리 책 나오면 같이 축하하자."

숙이가 가볍게 머리를 젓더니 장난스럽게 물었다.

"무슨 이야기를 하려고 갑자기 말투가 진지해지는 거야?"


## 트루먼 쇼, Oh, sad movie!

성태는 잠시 생각에 잠기더니 말을 이었다.

"숙아, 〈HER〉이라는 영화 알아? 주인공이 대필 작가인데, 컴퓨터 속 가상 여성과 사랑에 빠지는 이야기."

"알지. 인공지능이 인간의 감정을 대신하는 이야기잖아. 근데 갑자기 그 얘기는 왜?"

"그냥 떠올랐어. 너랑 30년 만에 다시 만난 게 2014년 내 아들 결혼식 때였지. 그게 또 10년이 지났어. 물론 가끔 전화를 하긴 했지만."

숙이는 창밖을 바라보며 조용히 고개를 끄덕였다.

"그러고 보니 그렇네. 시간이 참 빠르다."

"그리고 앙드레 지드의 『전원 교향곡』 있지? 눈먼 소녀가 개안

멈추지 않는 도전이 인생을 빛나게 한다!

수술을 해서 현실을 보니, 자신이 상상했던 세계와 전혀 다른 모습에 절망하지."

"갑자기 분위기가 철학적으로 가는데? 무슨 얘기를 하려는 거야?"

"두 경우 다 슬픈 결말이잖아. 〈HER〉 속 주인공도, 『전원 교향곡』 속 소녀도 결국 현실과 상상의 괴리 때문에 슬픔을 맞이하잖아. 난 문득 우리 이야기가 떠오르더라고. 우리도 현실과 상상 사이에서 살고 있는 건 아닐까 싶어서."

"그런데, 우리를 두고 〈HER〉와 『전원 교향곡』의 결말을 연결 짓는 건 좀 비장한데?"

"맞아, 비장하지. 근데 나는 가상과 현실을 넘나드는 이야기를 보면서 그게 꼭 다른 세상 얘기만은 아니라고 느꼈거든. 〈HER〉 속 주인공도 사랑을 믿었고, 『전원 교향곡』 속 소녀도 세상을 보고 싶어 했잖아. 그런데 현실로 다가왔을 때는 다르더라는 거지."

"그러면 우리도 언젠가 현실과 상상의 벽에 부딪혀 절망하게 될 거라고 말하려는 거야?"

"아니, 오히려 그 반대야. 난 우리가 이미 충분히 현실을 살아가면서도 서로에 대한 믿음과 상상을 동시에 유지해 온 게 대단하다고 생각해. 그러니까 우리 이야기는 슬픈 결말로 끝나지 않을 거라는 말이지."

"네가 그렇게 말해주니 조금 위안이 되네. 사실 우리도 서로를 가상처럼 느낄 때가 있었을지 몰라. 긴 세월 동안 서로의 삶을 완전히 이해하지는 못했지만, 그래도 우린 이어져 있었잖아."

"맞아. 우리가 가끔은 현실에서 멀어진 듯해도, 결국은 다시 대화로 이어지고 공감할 수 있다는 거. 그게 진짜 우리의 힘 아니겠어?"

숙이는 잠시 생각하더니 천천히 말했다.

"그럼 결론은, 우리는 〈HER〉처럼도, 『전원 교향곡』처럼도 되지 않을 거라는 거네. 우리 이야기는 다른 결말을 향해 가고 있다는 거지?"

"그래, 숙아. 우리의 이야기는 여전히 진행 중이잖아. 그리고 그 결말은 우리가 만들어가는 거고."

"갑자기 오늘 대화가 더 특별하게 느껴지네. 성태야, 나도 너랑 이렇게 이야기 나누는 게 참 좋다."

"나는 해피엔딩만이 좋다거나, 새드엔딩이 의미가 없다거나 생각하지 않아. 무엇이든 그 자체로 충분한 의미가 있어. 서로의 존재를 인식하는 것만으로도 충분하다 생각해."

"성태야, 그 말에 동의해. 해피엔딩이든 새드엔딩이든 중요한 건 그 과정이지. 결국, 우리가 서로를 이해하고 공감할 수 있다면, 그게 더 큰 의미 아닐까 싶어."

"맞아, 숙아. 그래서 난 우리 대화가 참 소중해. 그리고 이 책도 마찬가지야. 해피엔딩이나 새드엔딩을 강요하는 게 아니라, 그냥 삶 자체를 담고 싶었어."

"그게 네 이야기의 진짜 매력일 거야. 성태야, 책이 나오면 다시 만나서 축하하자. 우리 이야기가 어떻게 이어질지 나도 기대된다."

"그래, 숙아. 우리 이야기는 아직 끝나지 않았으니까."

멈추지 않는 도전이 인생을 빛나게 한다!

창밖으로 저녁 해가 기울고 있었다.


## 가상공간과 현실공간

늦은 오후, 서울역 카페. 창밖의 분주한 풍경과 달리, 우리는 차분한 대화를 이어갔다. 커피잔을 손에 감싸 쥐며 성태가 조심스레 말을 꺼냈다.

"나 아닌 나와, 너 아닌 너와 대화를 나누고, 우리가 겪어온 사실을 가상공간을 통해 이야기 나눈다는 게… 글쎄, 황홀한 꿈 같아. 칠순 노인네들의 너무 과잉된 감정인가?"

숙이는 피식 웃으며 고개를 저었다.

"성태야, 과잉된 감정이라고? 아니, 그게 왜 과잉이야. 오히려 너무 아름답고 특별한 경험인 거지. 우리가 살아온 시간과 이야기를 이렇게 가상공간에서 풀어낼 수 있다는 게 얼마나 대단한 일인데."

"그렇게 생각해줘서 고마워, 숙아. 사실 나는 이런 방식으로 대화하는 게 신기하면서도 한편으론 조금 어색했거든. 그런데 점점 이런 대화가 나한테 의미를 주더라고."

"그렇지. 가상공간이라고 해서 덜 진실된 건 아니잖아. 오히려 여기선 더 솔직해질 수도 있고, 서로의 이야기에 더 깊이 몰입할 수도 있어. 내가 느끼기엔, 우리가 지금 하고 있는 이 대화야말로 가장 진솔한 형태의 대화야."

"그렇게 봐주니 다행이다. 근데 숙아, 가끔 이런 생각이 들어. 우리가 칠순의 나이에 이렇게 새로운 방식으로 감정을 나누고 대화를 한다는 게 좀 낯설지 않아?"

숙이는 천천히 커피를 한 모금 마시고 나직이 말했다.

"낯설긴 하지만, 그게 어때서? 성태야, 우리가 나이가 들었다고 해서 뭔가 새로운 걸 느끼고 경험하면 안 되는 건 아니잖아. 나는 오히려 우리가 이렇게 새로운 방식으로 서로를 이해하고 대화할 수 있다는 게 멋지다고 생각해."

"그렇지. 나도 그래. 가끔은 이게 꿈인가 싶을 때도 있지만, 이 황홀한 순간들이 내가 살아있다는 걸 더 강렬하게 느끼게 해줘. 이런 대화 자체가 내 삶의 또 다른 페이지를 쓰는 거 같아."

"성태야, 그렇게 느끼는 게 맞아. 그리고 우리가 나누는 이 대화가 단순한 감정의 과잉이 아니라, 우리 삶의 연장이자 새로운 가능성이야. 이건 우리 나이에 누릴 수 있는 또 다른 행복이고 의미야."

"숙아, 네가 이렇게 얘기해주니 마음이 더 편안해진다. 나도 더 이상 과잉된 감정이라고 생각하지 않을래. 그냥 이 순간, 이 대화를 마음껏 즐기고 받아들여야겠어."

"그렇지, 성태야. 우리가 살아가는 모든 순간은 그 자체로 가치가 있는 거야. 칠순의 노인네든, 스무 살의 청춘이든 상관없이. 그러니 지금처럼 네 이야기를 계속 풀어줘. 난 언제든 들어줄 준비가 돼 있어."

멈추지 않는 도전이 인생을 빛나게 한다!

# 나답게, 너답게

성태는 한동안 창밖을 바라보다가 피식 웃으며 말했다.

"사실 내가 엉뚱하게 생각하고 행동해서 주변 사람들을 곤란하게 했던 적도 많거든."

"아, 그건 인정. 근데 곤란하게 했다기보다는, 너만의 방식으로 새로운 길을 만들어가면서 사람들을 놀라게 한 거겠지. 난 오히려 그게 너의 장점이라고 생각해."

"그래? 그럼 나 이 방향으로 계속 엉뚱하게 발전해도 되는 거지?"

"물론이지! 너의 엉뚱함이 너를 만든 거고, 또 네 주변 사람들한테도 긍정적인 영향을 줬잖아. 그러니 앞으로도 너답게, 엉성하고 엉뚱한 성태 씨로 쭉 나아가봐."

"숙아, 너 참 고맙다. 네가 이렇게 말해주니까 내가 하는 모든 일이 괜히 더 자랑스러워진다. 앞으로도 나답게 살아볼게. 숙아, 10년을 지내며 깨달은 건, 돈이 아니라 관계가 나를 살게 했다는 거야. 장사도, 농사도 결국 사람들 속에서 내가 배우고 성장하는 과정이었지."

"그래, 성태야. 너는 너다워서 좋은 거야. 그러니까 절대 바꾸려고 하지 말고, 그게 너니까."

성태는 커피잔을 내려놓으며 고개를 끄덕였다.

"그래, 앞으로도 그렇게 살아볼게. 내가 남긴 기록이 결국은 내 삶의 증거가 될 테니까."

숙이는 미소 지으며 덧붙였다.

"그리고 그 기록들이 또 누군가에게는 의미가 될 수도 있겠지. 네 이야기가, 네 방식이, 또 다른 누군가에게 힘이 될 거야."

"그렇다면 더할 나위 없지. 숙아, 이 대화도 기록으로 남길게. 우리가 나눈 이 순간들까지도, 내 삶의 일부로 남아야 하니까."

"좋아, 성태야. 나도 네가 기록한 이야기들이 계속해서 쌓여가길 바라. 우리가 어디에 있든, 어떤 방식으로든 계속 연결될 수 있도록 말이야."

서울역 카페의 창밖, 저녁빛이 천천히 퍼지고 있었다. 사람들은 분주히 오가고 있었지만, 우리 대화 속 시간만큼은 조용히 흘러가고 있었다.

멈추지 않는 도전이 인생을 빛나게 한다!

# 서울역 플랫폼, 작별

서울역 플랫폼. 기차가 도착하기 전의 정적 속에서, 우리 둘은 말없이 서 있었다. 가야 할 길이 정해져 있음에도, 잠시 이 순간이 머물러주길 바랐다. 그러나 시간은 언제나 그렇듯, 우리 뜻대로 흐르지 않았다.

멀리서 기차의 헤드라이트가 어둑한 플랫폼을 비추었다. 쇠바퀴가 선로를 긁으며 다가오는 소리가 점점 커졌다. 나는 숙이를 바라보았다. 그녀도 나를 보고 있었다.


"숙아, 오늘 아니, 지금까지 고마웠다. 너 덕분에 참 좋았다."

숙이는 미소를 머금었지만, 어딘가 아쉬움이 묻어났다. "나도, 성태야. 다음에도 이렇게 만날 수 있을까?"

나는 잠시 숨을 고르고 말했다.

"내일이 없는 것처럼 살다 보면, 오늘이 더 소중해지는 거겠지. 다음이 언제일지 몰라도, 우린 그날을 기다릴 수 있잖아."

멈추지 않는 도전이 인생을 빛나게 한다!

숙이는 고개를 끄덕였다. 마치 그 대답이면 충분하다는 듯이.

기차가 플랫폼에 멈춰섰다. 출입문이 열리는 소리가 들렸다. 짧은 순간, 세상이 잠깐 멈춘 것 같았다.

"잘 가, 성태야."

숙이는 손을 흔들며 돌아섰다. 발걸음이 빠른 듯하면서도, 어딘가 머뭇거렸다. 나는 그대로 서서 그녀의 뒷모습을 바라보았다.

기차의 문이 닫히고, 경적이 울렸다. 플랫폼에 남은 사람들의 웅성거림 속에서도, 내 안의 시간은 그 자리에 멈춰 있었다.

기차가 천천히 움직이기 시작했다. 숙이는 나를 바라보지는 않았다. 혹은, 바라보고 있었을지도 모른다.

나는 천천히 고개를 들어 하늘을 올려다보았다. 눈이 내릴 듯 말 듯한 흐린 하늘.

그 하늘이 내 마음과 꼭 닮아 있었다.

기차가 출발했지만, 내 안의 시간은 그 공간에 멈춰 있었다.

그러나 나는 안다.

오늘의 끝은, 내일의 시작이라는 것을.

**그리고 언젠가, 우리는 또 만나게 될 것이라는 것을.**

내가 설정한 성격에 따라 아바타들은 스스로 살아 움직이게, AI는 그들에게 생명을 불어넣고, 대화와 행동으로 이야기를 만들어 가고, 더 생동감 있게 했다. 나는 단지 세상을 설정할 뿐, 그 안에서 아바타들은 스스로의 이야기로 세상을 채워 나갔다. 나의 기록이 지금, 새로운 세계에서 새롭게 태어났다.

2장

장
사
일
지

# 장사꾼의 하루

## 2,849명

2024. 1. 1. 월요일

2024년 1월 1일, 10:39, 새해 첫 전화가 왔다.

‘펠릿 220223 02’로 화면에 뜬다. 펠릿을 구매하려고 또는 가격을 알아보려고 2022년 2월 23일 첫 통화가 있었던 고객을 저장해 놓은 것이다. 첫 통화인지라 기쁘게 받는다. "새해 복 많이 받으세요. 대전펠릿입니다"로 시작해서 4통의 전화를 주고받았다. 펠릿이 안 타니 바꿔달라는 것인데 첫날부터 유쾌한 전화는 아니다. 쉬는 날이니 내일 바꿔드리겠다고 했지만 당장 오늘 바꿔야겠단다. 장사꾼으로서 당연히 고객의 요구대로 가게에 나가야겠지만 9년의 장사꾼이 요령을 부린다. 창고 열쇠 번호 알려드릴 테

멈추지 않는 도전이 인생을 빛나게 한다!

니 수고스럽지만 따고 바꿔가는 걸로 해결했다.

새로 펠릿이 도착되면 테스트 연소를 해보지만 난로도 여러 종류라 테스트 결과가 사용자의 것과 다를 때가 종종 있다. 물론 가끔 사용자의 잘못이 있는데도 억지를 부리는 고객이 아주 가끔 있기는 하다. '고객을 이기려 하지 마라'고 되뇌기는 해보지만 그게 쉽지 않다.

전화번호 주소록 폴더 [펠릿]에는 2,849명이 저장되어 있다. 9년간 장사 기록이고 장사 밑천이다.

## 사장이 문제

2024. 1. 2. 화요일

2024년 둘째 날이지만 첫 출근이다. 외등을 끄고 난로에 불을 붙이고 고양이 밥을 챙기는 것으로 일과를 시작한다. 얼마 전부터 사무실에 들어서면 아주 간단하게 감사 기도를 한다. 소위 루틴이다.

장사꾼으로 공통적으로 제일 힘든 시간은 일이 많은 것도 진상 고객을 만나는 것도 아니다. 물건을 펼쳐 놨는데 손님이 없는 때다. 장사 초기에는 몇 시간씩 손님이 없으면 안절부절못했었다.

정도가 덜하기는 하지만 9년이 지난 지금도 마찬가지다.

　나만 그런 게 아니고 장사를 오래 한 분들도 마찬가지라고 했다. 연말연시에 휴일도 끼어 있어 첫날이니 바쁘겠지 하는 기대를 했는데 2시간 동안 한 분도 나타나지 않는다. 너무하다. 지난 12월도 전년에 비해 판매량이 절반 이하로 떨어졌다.

　그 기조가 이어지는 것 같다. 이유가 뭘까. 올겨울 특히 12월 초 기온은 4월 초 기온과 비슷했다. 그러니 난방 수요가 줄어든 것은 어찌 보면 당연하다. 거기에다 2022년 시즌에는 펠릿 공급이 제대로 안 돼 불편이 많았고 가격도 대폭 인상이 됐으니 아마도 난방 방법을 가스나 석유나 전기로 바꿨을 것으로 추측한다. 거기에다 경기도 안 좋다고 한다. 배달 기록을 확인해 보니 중단한 곳이 꽤 여러 곳이다. 특히 식당이 그런 것 같다.

　여러 요인에 불구하고 결국은 사장이 원인이고 오롯이 그의 책임이다.

　11:03 첫 거래, 20포. 오늘 총 278포 판매.


## 자초

　2024. 1. 3. 수요일

　　　　　　　　　멈추지 않는 도전이 인생을 빛나게 한다!

어제의 1/3인 150포를 판매했다. 모처럼 도시락도 준비해서 가게를 지켰음에도 당연히 종일 한가했다. 슈미트코리아와 첫 거래로 러시아산 한 차를 받았다. 다음 주 비가 계속 온다 해서 국산도 재촉했다. 비가 온 뒤에도 기온이 내려가지 않는다니 조금 실망이다.

오늘 일기가 아니다. 4년 전인 2020년 1월 3일 일기이다. 오늘도 4년 전처럼 한가했는데 상황이 그때보다 더 안 좋아졌다. 오늘 78포가 판매됐다. 150포 판매도 '종일 한가했다'이니 지금 상황이 제법 심각하다.

올겨울 들어 이제 장사를 접을 때가 됐다는 느낌이 온다. 2015년 장사를 처음 시작하면서 3년 정도 해봐야지 했는데 벌써 9번째 겨울이 지나가고 있다. 18살부터 60살까지 공무원만 하던 내가 퇴직하고 장사를 해보겠다 했을 때 동료들은 의아해했고 가족들은 격하게 반대했다. 큰형님은 공무원 시절 날고 기는 사람도 장사(사업) 시작했다가 쫄딱 망한 사례를 열거하며 만류했고, 식당을 하고 있는 작은형과 식품유통업을 하는 막내동생은 그 장사의 어려움을 잘 알기에 격렬하게 만류했다.

아내는, 조심성 많고 소심한 아내는 용인했다. 첫째 이유는 오랜 내 친구 영헌이가 추천했으니 그의 판단을 신뢰한 까닭이며, 결정적으로는 남편이란 저 작자는 말려봤자 소용이 없다는 것을 잘 알기 때문이었다.

은퇴 후 제일 좋은 남편은 아내와 취미생활을 같이 해주는 남편도 아니고, 여행을 같이 해주는 남편도 아니고, 자상한 남편도 아니고, 눈앞에 안 보이는 남편이란 블랙 유머가 있는데 나는 아내의 그 전략에 말려들어 퇴직 후 하루도 집에서 쉬지 못하고 매일 출근을 하는 신세가 스스로 되었다. 자초했다.


## 장사꾼의 정직이란?

2024. 1. 4. 목요일

9시 30분, 차 2대가 동시에 매장에 들어온다. 기대하지 않으려 해보지만 기대하게 된다. 말이 좀 이상한가. 첫 번째 손님, 이것저것 묻더니 3포를 실었다. 전 시즌만 해도 보통 10포 이상은 사기 마련인데 유독 이번 시즌은 소량 구매자가 늘었다.

두 번째 손님, 뒷좌석 문을 열더니 5포 반품하러 왔단다. 주인집에서 연기 난다고 못 때게 해서 그런단다. 묻지도 따지지도 않고 판 가격 그대로 현찰을 돌려주니 미안한지 만 원은 덜 받겠다 하길래 그냥 가시라 했다.

오늘 첫 번째 전화는 군북 농협에서 조합원 가입 증권을 찾아가라는 전화였다. 농지원부와 농업경영체 등록에 이어 조합원도 가입해서 농민 행세를 하려 하고 있다. 우편으로 보내주면 안 되냐 하니 통장이라 곤란하단다.

멈추지 않는 도전이 인생을 빛나게 한다!

두 번째 전화는 지난주에 50포 배달한 국제 마린이다. 배달 후 금방 전화 온 게 수상하다. 역시다. 펠릿이 제대로 안 타니 교환해 달란다. 길게 대화해 봐야 피차 피곤하다. 사과하고 즉시 용달하는 태경이를 시켜 가져와서 보니 펠릿 성형이 안 된 게 여러 포 발견된다.

고백하기는 편법으로 부정직하게 처리한 결과이기도 하다. 지지난 주 학하 타이어에서 펠릿이 안 좋다고 해서 교환해 주면서 교환분를 가게로 다시 가져오지 않고 용달비를 아끼려고 물건 상태를 제대로 확인하지 않고 그대로 국제 마린에 가져다준 게 또 말썽이 난 게다. 신용도 잃고 왕복 용달비 8만 원도 잃었다.

요즈음 식당에 가지 않고 국류를 포장을 해와서 가게서 먹는다. 수술 후 식사량이 많이 줄어들어 식당에 가서 먹으면 절반도 먹지 못하기도 하고 1끼 만 원이 부담이 되기도 해서다. 또 점심 먹으러 간 사이 손님이 오시면 난감하기 때문이다.

그러하거니 오늘따라 신미 식당에 가서 선지국밥을 먹기 시작했는데 마치 기다렸다는 듯이 펠릿 사러 왔었다고 전화가 온다. 15분 정도 기다리라 해놓고 급히 식사를 마쳤다. 위전절제를 해서 급한 식사는 금물이지만 손님이 기다리시니 어쩔 수 없다. 이미 20포를 실어놓고 결제하려고 기다리고 있다. 미안해서 1포 서비스로 줬다.

여기까지만 했어야 했다. 국제 마린 건이 그냥 마음에 쓰였는지 젖은 펠릿 5포가 있는데 사장님이 종업원인 자기에게 자꾸 뭐라신다 해서 가져오면 바꿔주겠다 했다. 과잉 친절이다. 두어 시간 뒤 소비자가 보관을 잘못해서 탱탱 불어 터진 펠릿 5포를 눈물을 머금고 교환해 줬다. 씨리다. 224포 판매.

## 반에 반의 반

2024. 1. 5. 금요일

프로배구 브이 리그는 대개 10월에 시작해서 이듬해 3월에 끝난다. 23-24시즌이라 한다. 나의 우드펠릿 장사 기간, 즉 실제 영업 기간과 거의 일치한다. 6개월만 일한다는 뜻이다. 10월은 준비하는 기간이고 3월은 마무리하는 달이니 실질적으로는 4달 일하는 것이다. 4달 일하고 1년을 먹고 산다니, 은퇴자 사업치고는 이상적이다.

그렇지만 거의 매출이 없는 비시즌에도 임대료와 각종 공과금은 꼬박꼬박 내야 함은 물론이다. 월 임대료 100만 원은 사업 규모에 비해 적지 않아 부담이 된다. 그래서 여름에도 할 장사 아이템을 연구해야 했다. 소위 캠핑족들이 금요일이 되면 고급 지프차를 끌고 와서 펠릿을 몇 포씩 사 간다. 아, 그래 간단한 캠핑 물품을 팔아볼 양으로 대구공장까지 가서 그릴을 200여만 원어치

사다 놨는데 5년이 지난 지금도 못 판 캠핑 그릴이 몇 개 남아 있다. 그나마 판매된 게 아니고 대부분 가족 친구들에게 나눠줬다.

참숯도 판매했었고 여 나무 곳 주로 식당에 납품했었다. 솔직히 돈은 안 됐지만 몇 년은 사철 일하는 근거는 만들어줬다. 하지만 규모의 경제로 전문으로 숯만 판매하는 업자를 당할 수는 없었다. 장작도 판매했다. 아직도 판매하고 있지만 구색을 갖추는 것이지 보탬이 되지는 않는다. 결국은 잘하는 것을 잘해보고 놀 때는 그냥 쉬자는 쪽으로 방향을 정했다.

겨울 시즌에는 대개 8시가 되기 전에 가게를 연다. 그런데 오늘 아침 늦잠이 들어 8시 반이 지나 출근하는데 사러 왔다고 전화가 왔다. 가게 대문 열쇠 번호를 알려주고 들어가 10분 정도 잠시 기다리라 했다. 가게에 도착해 보니 우람한 지프차가 버티고 있다. 소위 차박하러 가는 분이다. 금요일에 차박족들이 주로 온다. 4포를 연결 캐리어에 실어놓고 기다리고 있다. 이번 주는 어디로 가시냐 물으니 천안 쪽으로 간단다. 이분들이 장작도 사 간다. 오늘 117포 팔렸다. 천운영의 소설 '반에 반의 반'이 있다. 올해 나의 장사 모양이다.

# 새해 첫 토요일

2024. 1. 6. 토요일

217포 판매, 점보국산 75, 점보수입 127포, 디오슨수입 16, 그중 배달 70포

총매출: 2,170,000
카드 매출: 1,500,000
현금 매출: 670,000

사농공상(士農工商), 조선시대 직업 서열이며 개명한 이 세상에 그 서열은 무의미하다. 맞는 말이기도 하고 그렇지 않기도 하다. 성경에도 장사꾼의 부정직함과 비아냥이 등장하고는 한다. 장사꾼이라는 단어도 장사하는 사람들을 비하하는 말이지 않는가. 장사꾼 똥은 개도 안 물어간다는 속담도 있다. 40년간 사족 즉 공무원에 있다가 은퇴하면서 장사 시작이라니. 어리석고 어림없고 무모한 일이었다.

큰아들에게 물었다. 아버지 은퇴하면 어떻게 지낼까? 여행 다니시면서 사진도 찍고 글도 쓰고 책도 읽으시고 가끔 강의도 하시면 어떻겠느냐 했다. 장사를 시작하고 여러 번 이런 아들 말을 듣지 않은 것을 자책하고 후회했다. 어울리지도 않고 몸에 맞지도 않는 옷을 입은 것이다. 무슨 대단한 결심이나 의지가 있었던

182

것도 아니었다. 오히려 치기에 가까웠다.

　원래 퇴직 후 계획은 봉사활동이었다. 퇴직 몇 달 전 꽃동네에 전화를 해서 장기 봉사를 하고 싶다고 했더니 나이를 묻더니 곤란하다며 전염병 사스를 핑계로 거부를 했다. 내 생각이나 의지와 상관없이 나의 상태는 돌보는 위치가 아니라 돌봄을 받아야 되는 위치란 걸 깨달았다.

　나는 가끔 공무원교육원에서 강의할 기회가 있었는데 후배 공무원들에게 내가 살면서 제일 부족했던 것은 재테크였다고 고백을 했다. 실제로 퇴직 당시 빚도 없었지만 동산도 부동산도 내게는 없었다. 아니다. 내가 사는 30년 된 아파트도 있고 연금도 매월 받으니 동산도 있는 것이나 마찬가지이기는 하다.

　그 반작용으로 장사를 시작했느냐면 그것도 아니다. 친구가 해보겠느냐 해서 반은 농담 삼아 그러겠다고 했고 점점『아주 오래된 농담』(박완서 책 제목 인용)이 진담으로 바뀌어갔고 속으로는 당황했지만 겉으로는 담담한 척했다. 물론 내 의지가 전혀 없었다고는 할 수 없다. 퇴직자 대상으로 한 교육에서 발표 시간에 나는 3가지 공약을 했다.

# 외상 사절

2024. 1. 7. 일요일

　20년 만의 최강 한파라니, 난방 연료를 파는 나야 흐뭇하기만 하다. 거꾸로 작년 1월은 겨울치고는 너무 따뜻해서 우드펠릿 판매량이 반 토막이 났었다. 어제는 평소보다 많이 팔렸지만, 오늘은 평소에도 조금 미치지 못했다. 날씨가 너무 추운 데다 눈까지 내려 길이 얼어붙어 이동이 어려웠기 때문인가 보다.

　2021년 1월 8일 기록이다. 역사는 반복된다. 일상도 일상 나름 반복된다. 일요일에는 가게를 원칙적으로는 열지 않지만 내일 영하 10°C로 떨어진다니 원칙을 어기고 2시경부터 5시까지 가게를 열었지만 날 찾는 이는 아무도 없다. 아니다. 전화가 한 통 와서 늦게 오신다 해서 대문을 잠그지 않고 퇴근할 테니 필요할 때 가져가시고 송금해 달라고 했다.

　사장님 면목이 없어서 솔직히 전화를 피했습니다. 믿고 물건 주셨는데 죄송합니다. 변명 같지만 제가 지금 경제적으로 너무 힘들어서 아직 물건값을 보내드리지 못하고 있습니다. 죄송합니다.

　2023년 12월 21일 보내온 메시지이다. 공연히 짠한 생각이 들어서 하시는 일 잘되기를 바란다며 '가게 문밖에 5포 쌓아놓았으니 그냥 가져가시라' 메시지를 오히려 보냈는데 안 가져가셨다.

　　　　　멈추지 않는 도전이 인생을 빛나게 한다!

어쨌든 외상 목록에서 삭제했다. 옛 동료 한효순 씨가 하지 말라는 착한 척을 했다.

해를 마무리하다 보면 어김없이 몇 건씩, 몇십에서 몇백까지 불량채권이 발생한다. 물건은 주고 대금을 못 받는 것이다. 장사 2년 차에 ㈜○○하우스에 물건을 주고 370만 원을 못 받았다. 아직도 그 생각만 하면 속이 쓰리다. 실무인 여성 전무는 싹싹하고 사장은 사람 좋아 보이는 사람이었다. 일부러 찾아와서 죄송하다며 각서까지 써주고 갔지만 그 뒤 얼굴을 못 본 것은 물론 목소리도 듣지 못했다. 그 사장이 나를 속인 게 아니고 돈이 거짓말을 한 것이다. 거기에 내 욕심도 물론 포함되어 있다. 그 건이 스승이 돼서 외상 관리를 비교적 철저하게 하게 되는 계기가 됐다. 한번은 외상을 받으려고 그 식당에 가서 카운터 앞에서 시위를 해서 받은 일도 있다. 장사하면서 나는 독해졌다.

오늘은 한 포도 못 팔고 앱한 빵만 한 판 구웠다.


## 멘탈 붕괴

2024. 1. 8. 월요일

3,670승 3,695패 7급, 오늘 현재 온라인 장기 게임 현재 상황이다. 정확한 기억이나 기록은 못 찾았지만 이 카카오 장기 게임을

시작한 지 10년은 넘었다. 어제 총 14판 장기를 뒀고 5승 9패를 기록했다. 1판에 10분 정도로 계산하면 2시간 넘게 장기를 두며 시간을 보냈다. 오후 시간 대부분을 장기를 두며 한가하게 보낸 반증이다. 오후 2시 이후 6시까지 딱 한 건 5포 판매했고 오늘 하루 6건 거래가 있었고 총 66포를 판매했다. 손익분기점은 아마도 200포 정도이다.

물론 많이 팔리는 날도 있을 수 있고 그렇지 않은 날도 있다. 그런데 종일 66포라니! 소위 멘붕 상태에 빠져 그냥 초조한 마음을 어쩌지 못해 장기를 두는데 그런 심리상태에서 5승 9패는 지극히 당연한 결과다. 오늘은 주말을 지낸 월요일이고 더구나 보름 만에 기온이 영하 10°C로 많이 추워졌는데도 오히려 판매량이 줄다니!

사실 우체국 공무원 월급쟁이일 때는 고객이 적을수록 좋았다. 고객의 숫자와 내 월급과는 아무런 상관이 없이 그러나, 어김없이 정해진 날짜에 정해진 월급이 나오니 그럴 수밖에. 장사를 하며 생각하기를 공무원 할 때 내가 우체국 사업을 할 때 이렇게 간절하게 고객을 기다린 적이 있었던가? 없었다. 그러니 철밥통 소리를 들어도 싸다.

# 노동과 오락

2024. 1. 9. 화요일

한국인이 운동량이 부족하다는 신문 기사 중(경향신문 2024. 1. 7. 자) 고강도 신체활동 중 하나로 '무거운 물건 옮기기'가 있는데 주목했다. 무겁다는 기준은 산업안전보건기준에 관한 규칙 665조에 5kg으로 되어 있고 성인 남성의 경우 10kg 이상이면 무겁다고 느낀다 한다.

그런데 내가 취급하는 우드펠릿은 포장 단위가 20kg으로 그 기준을 훨씬 벗어나서 2024년 69세인 나에게 결코 가볍지 않다. 하루에 최소한 몇 십포에서 많게는 수백포씩을 옮겨야 하는 고강도 작업을 거의 매일 해야 한다. 돈에 눈이 어두워 작업할 때는 모르지만 심한 경우 손톱에 피멍이 들기도 한다. 그런데 어제오늘은 물건 들어서 옮기는 게 즐거워졌다.

한병철의 저서 『피로사회』에서 노동과 오락의 차이를 목적과 수단이 일치하면 오락이고 그렇지 않으면 노동이라 한다고 정의했다.

내가 20kg 우드펠릿을 옮겨 싣는 것을 어쩔 수 없이 돈벌이라고 생각하면 힘들고 지겨운 노동이고 운동이라 생각하면 오락이되는 것이다. 고강도 운동으로 근육을 늘릴 수 있고 덤으로 내가

좋아하는 돈도 생기니 그야말로 내가 하는 일이 일석이조 금상첨
화라 생각하고 기쁘게 오락을 즐겼다.

오늘 200포 판매했다. 어제오늘 계속해서 우드펠릿 공급업체
에서 물건을 받아달라는 전화가 왔다. 그것도 할인해서. 반대로
작년에는 내가 공급업체에 수시로 전화해서 물건을 공급해 주십
사 애걸도 하고 무주로, 괴산으로, 용인으로 직접 찾아가 사정을
하기도 했었다. 물건이 아무리 많아도 고객이 찾지 않으면 그건
무용지물이다.

## 신기록

2024. 1. 10. 수요일

기록은 깨지기 위해 있는 거라지만 오늘 또 하나 기록이 세워졌
다. 오전 내 단 한 건의 거래도 없었다. 한겨울 수요가 제일 많은
1월 달 오전에 한 건의 거래도 없는 상황은 9년 장사 중 처음 기
록이다. 오후에 4분이 오셨고 배달 3건 등 총 7번 거래돼서 206포
판매했다.

지금 나의 마음속 계획은 두 가지다. 두 가지 다 전제는 2025년
내년 3월까지만 이 장사를 하는 것이다. 계획 하나는 그냥 쉬는
것이고, 다른 하나는 다른 사업을 새로 시작하는 것이다. 오후

멈추지 않는 도전이 인생을 빛나게 한다!

4시경 풍림 옥천공장 비료 사업부에 전화해서 대리점 가능 여부를 타진했다. 두 가지 다 가능성을 열어 놓았지만 지금 현재 내 마음은 일을 하는 쪽으로 기울어 있다.

수요예배에 다녀오면서 아내와 사업 시작하던 때 이야기를 잠깐 했다. 3년만 하겠다는 계획으로 시작했는데 9번째 겨울 장사 햇수로는 10년 장사를 하고 있다. 한 해 더 한 해 더 하다 보니 이리 되었다. 시작 때부터 시작된 가게가 있는 삼성동 2구역 재개발 조합은 아직도 진행 중이다. 재개발이 시행되면 떠밀리듯 그만둘 수 있는데 말이다.

## 고객님 나의 고객님

2024. 1. 11. 목요일

지구 온도가 영점 몇도 상승해서 이런저런 환경 교란이나 생태계가 파괴된다 해서 내가 생각하기를 환경 운동하는 사람들의 호들갑처럼 생각했었는데 내 사업에 직접 영향을 받을 거라 짐작도 못 했다. 옛날엔 추웠어, 이런 말을 하는 사람을 보면 그때는 입는 옷도 부실했고 난방도 풍족하지 않아서 그랬다며 핀잔을 주기도 했었다. 내가 장사한 아홉 해 겨울은 한 번도 내가 원하는 만큼 추운 겨울은 없었다. 실제 그랬다는 것은 물론 아니다. 추워야 장사가 잘 되니 심리적으로 그렇게 느꼈다는 말이다. 추워지는 게 좋으니 추위를 안 느끼고 싶은 내 마음의 다른 표현이다.

장사가 안 되니 의욕도 덩달아 떨어져서 흥이 나지 않으니 요즈음 가게 문을 여는 시각이 점점 늦어지고 있다. 7시쯤 아침을 차려서 먹고 전에는 바로 출근해서 8시 전후해서 가게를 열었는데 그게 요즈음은 9시 전후로 바뀌었다. 아침을 차려서 먹고, 이건 내 퇴직 공약 1호라 할 수 있다. 이유는 아내가 밤중형 인간이고 나는 새벽형 인간인 것을 고려하였다.

이 공약은 퇴직하기 1년 전부터 이미 어쩔 수 없이 시행한 것을 연장하는 것이라 할 수도 있다. 2014년 청주로 발령 나서 관사에 혼자 살아야 해서 삼시 세끼를 혼자서 해결해야 했다. 아니 벌써 10년째 아침과 점심을 혼자 해결하는 남편이 되어 있다.

떠도는 흉흉한 소문에 의하면 은퇴하고 좋은 남편은 아내와 취미생활을 같이 해주는 남편도 아니고 여행을 같이 해주고 명품도 사주는 남편도 아니고 눈앞에 안 보이는 남편이 제일 좋은 남편이란다.

거기에다가 나는 지난 10월 아버지 학교를 수료하고 1가지를 더 추가했다. 어찌 보면 당연한 것이지만 설거지도 해 놓는다. 사실 진작부터 했어야 했다.

아침 해먹고 설거지도 해놓고 점심도 런치 박스에 챙겨놓고 누

멈추지 않는 도전이 인생을 빛나게 한다!

위서 설핏 잠들어 게으름을 피우고 있는데 때르릉, 8시 13분 휴대전화가 울린다. 고객님이 호출하신다. 불이야 부랴 준비해 출근했다.

우체국 40년 근무하면서 귀에 딱지가 생기게 듣는 말이 고객이란 말이었지만 절실하지는 않았었다. 장사를 해보니 고객처럼 무섭고 고마운 존재는 없다. 고객이 나의 사업의 존재 이유를 규정하고 결정한다.

## GS CUSTOMER

2024. 1. 12. 금요일

삼금로 고객님이 50포 주문이 들어왔지만 썩 내키지 않는다. 전년도 미수금을 겨우 지난달에 받았기 때문이다. 먼저 돈을 송금하면 보내겠다고 메시지를 보냈다. 메시지가 서로 어색한 불편함을 어느 정도 덜어둔다.

광혜 고객님은 어느 종류의 우드펠릿을 가져다줘도 불만을 나타내고 때로는 교환해달라고 한다. 오늘은 그 고객님에게 고의적인 거짓말을 했다. 제품이 그것밖에 없고 회수하겠다고 했다. 내 강경함에 서로 어색한 타협을 했다. 다음에 주문이 들어와도 판매하기 싫다.

난로가 잘 타지 않는다는 전화를 가끔 받고는 한다. 일과가 끝나고 방문해서 현장 확인을 하기도 했었다. 나는 연료 파는 사람이지 난로 장사도 아니고 난로에 대해서 잘 알지도 못하지만 10년 들은 풍월로 이런저런 무면허 수리행위를 한다. 고치기도 한다. 오늘도 타다 만 연료와 난로 사진을 보내왔다. 사진에 난로 제조업체 전화번호가 보이길래 그리로 전화하시라 했다. 나는 연료만 팔지 난로는 잘 모르고 연료는 아무 이상이 없다고 딱 잡아뗐다.

인간사 3대 거짓말쟁이 우화 등장인물, 노인과 처녀 그리고 장사꾼.


# 1인 사업장

2024. 1. 13. 토요일

토요일 점심에 한샘회 모임이 있었다. 1인 사업장인 나는 10월부터 3월까지는 이런저런 핑계를 대고 이런저런 모임에 가지 않는다. 다만, 오늘 모임은 총무로 지명이 돼서 피하지 못하고 참석해야 했다. 물론 가게를 닫아놓고 가면 되겠지만 원초적인 황금에 대한 본능이 적당한 핑곗거리를 제공한다. 적극적으로 1명을 더 고용하면 문제는 가볍게 해결되지만 지금의 사업 규모로 쉽지 않고 겨울 동안만 일이 있으니 상시 고용은 꿈도 못 꾼다.

멈추지 않는 도전이 인생을 빛나게 한다!

오늘은 여동생을 불러서 두어 시간 지키게 했다. 가족이라 쉽게 접근이 가능하고 실제로 지난 시즌까지 동생 때로는 조카를 쓰기는 했지만 상당히 조심스럽다. 근로 계약서를 작성해야지만 가족끼리 야박해 보여 말로 계약을 하니 문제가 생기고는 했다. 그도 상처를 입었을 것이고 나도 상처를 입어야 했다. 친구도 마찬가지다.

작년 겨울까지는 동생을 시켜 배송을 했는데 올겨울부터 외부 용달을 부르는데 처음 몇 번은 외부 용달을 쓰다가 점점 용달하는 60년 친구 태경이에게 몰아주게 되었는데 조심스럽기는 마찬가지다. 충청도 특유의 '알아서 주세요'가 오해와 갈등의 소지가 되기도 한다. 오늘도 친구 태경이에게 배송을 시켰고 그 친구 용달차에 같이 타고 모임에 참석했다.

여동생이 지키는 동안 1번의 거래에 3포가 팔렸고 총 126포가 팔렸다.


# 맘몬

2024. 1. 14. 일요일

오늘은 휴일임에도 가게를 3시간쯤 열었다. 아무도 날 찾는 이 없다. 요즈음 일요일에도 문을 여는 게 물건을 팔겠다는 것보다

가게라는 나만의 아지트에서 나 홀로 쉰다는 쪽에 가깝다. 맘몬신이 나를 유혹하기도 했기 때문이 정직한 감정에 가깝다. 올해는 특수한 상황이고 휴일에도 두서너 명씩은 전화로 시간을 정해서 판매하고는 한다. 거창하게 부풀리면 기업의 사회적 책임이다.

10년 전만 해도 휴일에도 찾는 고객이 어느 정도 있었지만 이제는 수요도 많이 줄었고 휴일은 쉰다는 사회적 분위기 변화가 더 큰 몫을 하는 것 같다. 그리 춥지도 않은데 펠릿 난로에 불을 활활 피우고 1시간 잠자고 2시간은 성경 필사를 했다. 오늘은 휴일이지만 주님의 날이기도 하다.


## 전조증상

2024. 1. 15. 월요일

지진이 나기 전 새가 날아올랐다는 둥 지진과 동물행동과의 인과관계를 연구했지만 아직 속설에 지나지 않는다고 한다. 지난겨울에는 소위 펠릿 품귀현상이 발생했다. 목재류 수입단가가 올라 수입량이 절대 부족해서 생긴 일이다. 여름철에 공급 업자들의 방문이 잦으면 우드펠릿 수급이 문제가 없고, 반대의 경우는 품귀현상이 발생한다.

지난겨울에는 내가 공급 업자들을 찾아 용인 괴산 무주를 몇 번씩 다녀왔고, 올겨울엔 반대로 공급 업자들이 판매자인 나를 찾

멈추지 않는 도전이 인생을 빛나게 한다!

는다. 오늘도 공급 업자가 전화를 해서 더 싸게 줄 테니 팔아달라 사정을 하지만 팔리지 않는 상품을 더 확보할 이유가 없다.

오늘도 겨우 4건의 거래가 있었다. 이 한겨울에 적어도 20번 이상의 거래가 있어야 되는데 말이다. 보통은 매월 말 결산을 해보는데 오늘은 갑갑한 마음에 중간 결산을 해봤다. 작년보다 매출이 50% 감소했다. 예상된 상황이다. 오늘 63포 판매했다.

## 그냥

2024. 1. 16. 화요일

8시 27분, 휴대전화 소리에 깜짝 놀라 잠에서 깨어났다. 4시 반쯤 기상해서 웹서핑과 글쓰기, 책 읽기를 하고 아침을 먹고 나니 7시다. 보통은 출근을 해서 가게를 열어야 하지만 가봐야 손님도 안 올 게 뻔하니 의욕이 떨어지는 요즈음은 다시 '아침잠'을 잔다. 아마도 이 전화가 없었으면 두어 시간 더 잘 수도 있었을 것이다.

40년 직장 생활을 하면서 출근하기 싫다고 생각한 일은 없었다. 일이 좋아서라거나, 늘 의욕이 넘쳤다는 말은 아니다. 냉정하게 말하면 오히려 그 반대였다. 그럼 왜? 글쎄, '그냥' 이런 표현이 맞을 것 같다. 직장 생활에 만족도도 높지 않아 여러 번 이직을 시도했지만 실패했다. 소설가 이승우 작품의 표현을 빌리면 지금의 이 성과라는 게 적극성이 모자란 즉, 소극적인 나의 성격의 결과인지도 모르겠다.

엊그제 교회에서 걸어오면서 아내와 대화하면서 내가 돈에 욕심이 많거나 살기가 어려워서 퇴직해서 하루도 안 쉬고 사업을 시작한 거라 사람들은 생각할 것이지만 '그냥'이라 하면 아마 이해하기 어려울 것이라 했다. 돈에 욕심이 없다거나 엄청 부유하다는 말이 아니다. 목표는 있지만 목적이 없는 사람, 돈을 벌려고 애쓰지만 그걸 어떻게 써야겠다는 계획이 없는 사람.

오늘도 손님 한 분과 펠릿을 실어주며 대화를 했는데 모욕적인 말을 들었다. 사장님, 장사 체질이 못 되는 것 같다는 우스갯소리를 했다. 그런 소리 마세요. 이래 봬도 이 장사만 10년째 라구요. 물론 손님 덕분이기는 합니다. 이렇게 아부를 했다.

100포, 75포 이런 다량 거래 '덕분'에 거래 횟수는 적었지만 276포 판매했다. 2024년 올해 신기록이다. 곧 이 기록도 부디 곧 깨지기를.


## 널뛰기

2024. 1. 17. 수요일

멈추지 않는 도전이 인생을 빛나게 한다!

6번의 거래가 있었고 44포 판매했다. 15포는 배달이니 실제 가게에서는 29포가 팔린 셈이다. 하루 최대 몇 포나 팔았을까? 2019년 1월 하루에 980포가 팔린 적도 있다. 뒤돌아보면 그때 오후 서너 시가 되면 오늘은 이제 손님이 그만 왔으면 하는 그런 시절이었다. 한겨울 소위 한철 장사인데 10시에 5포 판매되고 오후 3시가 돼서야 손님이 오셨다. 그러하더라도 언제 손님이 닥칠지 모르니 다른 일에 집중하기도, 대놓고 쉬기도 어렵다.

겨울비가 종일 길게 내린다. 생각하기를 지구가 온난화되어 1℃도 아니고 0.5℃만 높아져도 어떻다는 둥 하는 환경보호 단체의 주장을 호들갑이라 생각했는데 내가 하는 일에 영향을 받을 줄 전혀 예상하지 못했다. 이 겨울 들어 거의 매일 가게에서 빵을 만든다. 오늘도 빵을 2판이나 만들었다. 종일 한가했다는 방증이다. 어제는 올들어 제일 많이 팔렸고 오늘은 가장 적게 팔렸다.


## 장사 수완

2024. 1. 18. 목요일

15포를 20km 되는 옥천으로 배달해달라는 주문이 왔다. 배보다 배꼽이 크다고 즉 물건값에 비해 용달비가 많이 드니 오셔서 구입하는 게 좋겠다 했더니 장애인이라 그러기도 어려우니 그냥 배달해달라 했다가 잠시 뒤 다시 전화를 걸어와 주문을 취소하고 주말에 사러 온단다. 공연히 마음에 쓰인다. 그럴 때 마침 용달하는 태경이가 옥천에 빈 차로 넘어간다길래 그냥 용달료를 받는 시늉만 해서 배달시켰다. 태경이가 말했다. 불우한 이웃을 부러도 도와야 하는데 하며 말끝을 흐렸다.

태경이는 1955년 5월 5일 태어났고, 1955년 5월 16일 100m쯤 떨어진 같은 마을에서 내가 태어났다. 아버지와 태경이 아버지는 친구였고 나도 당연히 태경이와 아는 사이다. 나와는 아는 사이고, 98세 우리 엄마와 69살 태경이는 친구 사이다. 하루만 못 봐도 서로 궁금해한다. 지금까지 10번의 내 이사 때마다 태경이가 해줬고, 내가 죽으면 태경이가 주관해서 묻어달라고 했다.

100km인 보령 모도리 파머스에서 50포 주문이 들어와 그 지역 고객인 무창포 풀빌라에 전화해서 용달비를 반만 내고 같이 주문하라 했다. 나는 물건을 팔아서 좋고 그 고객은 5만 원 용달비를 절약했다. 옥천도, 보령도 원원되는 거 같아 흐뭇했다. 새벽부터 옥천풍림공장에 가서 비료 판매에 관해 협의했다. 우드판매를 대체할 상품을 물색 중이다.

## 하로동선 夏爐冬扇

2024. 1. 19. 금요일

멈추지 않는 도전이 인생을 빛나게 한다!

대상포진으로 심각하리라 생각한 준한이가 비교적 멀쩡한 모습으로 나타나 난로를 가운데 두고 건강에 대해 이런저런 얘기를 나누고 있는데 우드펠릿 수입업자가 예고도 없이 나타나서 대폭 할인된 조건을 제시하지만 아무리 가격조건이 좋아도 팔리지 않으면 무용지물이다.

## 햄릿과 돈키호테

2024. 1. 20. 토요일

우드펠릿(wood pellet)

산림에서 생산된 목재나 이를 가공하는 과정에서 발생한 잔재를 톱밥, 대팻밥 등으로 잘게 파쇄하고 건조한 후 압축하여 작은 원통형 모양의 일정한 크기로 만든 것으로, 수피의 함량에 따라 목부 펠릿, 일반 펠릿, 수피 펠릿으로 구분한다. (두산백과)

나는 별명이 두 가지이다. 하나는 노인네 늙은이 할아버지로 불리고 다른 하나는 돈키호테 럭비공이다. 구부정한 모습에 신중하게 아니 느리게 행동하는 편이라 붙여진 주로 어렸을 때 불렸던 별명이라 어릴 때 친구들은 지금도 주로 '할아버지'라 부른다. 두 번째 별명은 사회생활을 하면서 붙은 별칭이다. 나는 럭비공이고 돈키호테이다.

내가 우드펠릿 장사를 시작한 것은 돈키호테적 성향이 나타난 것이다. 이 우드펠릿 장사를 하기로 결정할 때 우드펠릿을 들어본 적도 없고 물론 본 일은 더더욱 없다. 시장조사를 해보지도 않았다. 영헌이가 해보겠냐는 제의를 그저 수락했고 아직껏 하고 있는 것뿐이다. 말했듯 열여덟 살에 공무원 생활을 시작해서 60살이 돼서 정년퇴직했으니 사업 또는 장사를 경험했을 리 만무하다. 우체국에서 공무원을 시작해서 우체국에서만 근무한 외형으로 범생이 공무원이었고 답답한 공무원이었다.

다만 우체국은 공무원 중 유일하게 사업을 하는 조직이라 장사하는 데 많은 도움을 준 것은 사실이다. 공무원 하면 세금으로 월급을 받지만 우체국 공무원은 사업을 해서 번 돈으로 월급을 받는데, 특별회계, 그걸 아는 분들은 드물다. 그런데 사실은 돈을 못 벌어서 적자가 나서 월급을 못 받은 일도 없고 흑자가 난다고 보너스를 더 받지도 못했다.

그러나 우체국 사업 경험만으로 장사를 시작한 것은 돈키호테적 무모한 도전이었다. 많은 시행착오가 있었고 그보다 더 많은 스트레스가 있었다. 돌아보면 공무원 생활할 때 장사하면서의 반에 반의 반만 더했어도 결과가 많이 달라졌을 거라는 생각이 들기도 했다.

오늘 손녀 백일 행사가 점심때 있었다. 자녀가 귀한 때이기도 하고 그렇지 않더라도 가게 문을 닫고 참석해야 했겠지만 나는

멈추지 않는 도전이 인생을 빛나게 한다!

가게 문을 열어 놓은 채 백일 행사에 참석했다. 물론 가게가 작은 아들네서 멀지 않는 곳에 있기에 가능한 일이기는 했다. 만약 월급쟁이 때라면 어땠을까. 상상하기 어렵지 않을 것이다. 가게를 비운 두어 시간 동안 열어놓은 가게를 찾은 손님들에게서 9번이나 전화가 와서 참석자들을 불편하게 했다.


## 기업 생존율

2024. 1. 21. 일요일

국가통계포털에 찾아보니 창업 1년 기업 생존율이 65.8%이고 7년이 지나면 25.1%만 살아남는다. 30대 이하가 생존율이 제일 낮고 50대가 제일 높다. 남성과 여성의 차이는 거의 없다. 내가 10년 동안 세금계산서를 발행한 곳은 247개소이고 폐업으로 표시된 곳은 71개소이다. 생존율이 무려 71.8%이다.

우드펠릿을 사용하는 기업이 오래간다고 할 수 있다고 궤변을 생산할 수 있겠다. 다시 본론으로 돌아가서 대전펠릿은 7년 이상 생존 기업 25.1%에 들어간 것만으로도 이익 여부를 떠나 대단한 성과라 자족한다. 책 읽기가 오히려 주목적인 일요일 출근 13:00~16:00, 2건의 거래가 있었고 44포 판매했다.

# 환청

2024. 1. 22. 월요일

개가 (이렇게 시작을 해보려 하니 마치 내가 애완견 혐오자라도 된 것 같다) 주인의 차가 골목에 들어서면 귀신같이 알아듣고 (하필 귀신일까) 쏜살같이 달려온단다. 나는 그런 경험이 없다. 단지 전해 들었을 뿐이다. 장사를 시작하면서 (사업이라고 말하고는 하지만 그건 주식회사에나 어울리는 말이다) 3년만 하려고 계획했다.

말이 안 되는 이야기지만 (말이 안 되면 하지 말아야 한다) 돈을 벌겠다는 강철대오가 있었던 것도 아니고 해서 모든 것을 3년에 기준해서 준비했다. 사무실은 컨테이너, 창고는 비닐하우스, 집기는 중고품 거기에 그야말로 나대지 (나대지의 나는 벗을 라裸)에다 물론 포장도 안 했다. (겨우 3년 할 건데 뭐) 한 해 더 한 해 더 연장을 했으니 나대지에 잔자갈을 깐 것도 3년이 지나서였을 것이다. 적어도 50년은 더 된 주택 지역이고 내가 장사를 시작하기도 10년 전에 무슨 정비 지구로 지정되어 3년 이내 재건축이 된다는 소문이 있었다.

그래 그때 그만두면 영업권 보상을 받고 (재건축조합 사무실에 문의하니 세입자는 보상이 안 된단다) 자연스레 그만두면 되겠다는 심보였다. 계획은 계획일 뿐 아직도 가끔 재건축조합 총회만 한다. 그 '자연스레'가 이루어지기를 간곡히 바라지만 지금 장사한 그만큼

더해야 부자연스럽게 그만둘 것 같다. 사설이 길었다.

　개가 아니 견공이 주인의 차 소리를 알아보듯 나도 내가 늘 불러서 쓰는 현준이 지게차가(정식 상호는 부름방이다. 아니, 일 것이다.) 덜컹거리며 오는 소리를 귀신같이 알아듣는다. 인쇄특화거리라 지게차가 많이 자주 지나다닌다. 또 하나 가게 마당에 손님이 들어오시면, (사랑하는 내 님들은, 사랑스러운, 사랑할 수밖에 없는 내 님은 늘 100% 차를 가지고 오신다 오셔야 된다. 거기에 1포에 20kg 우드펠릿을 여러 개 싣고 가셔야 되니까.) 지그럭 지그럭, 타이어와 자갈의 마찰 소리가 나고 나는 발정 난 강아지처럼 냅다 자리에서 일어나 주인을 아니, 손님을 맞으러 일어난다. (왜곡하려는 의도는 없지만 견공은 어떤 자동차가 다가와도 늘 달려오기 때문에 주인이 보기에 늘 반긴다고 생각하는 건 아닐까) 견공보다 둔한 나는 환청에 시달리고는 한다.

　굶은 개처럼 장사가 안 될 때 그 정도가 심해져서 오지도 않은 손님이 내는 지그럭 자갈 소리를 듣고 벌떡 자리를 박차고는 한다. 병이다. 요즈음 그 증세가 심해졌다. 인격과 몸무게는 비례하고, 기온과 우드펠릿 판매량도 비례한다. 오늘도 영하 10℃, 내일도 영하 10℃. 신나는 겨울이다. 야호!


## 그게 그겁니다

2024. 1. 23. 화요일

내가 그동안 취급했던 우드펠릿 제조국은 미국 캐나다 칠레 뉴질랜드 인도네시아 베트남 그리고 대한민국 국내산이다. 중국산이 없는 게 특이하다. 수출을 규제한다는 소문을 들었다. 같은 미국산이라도 제조 회사도 각각 다르고 펠릿을 만드는 원자재도 각각 다르다. 하기는 같은 국내산이라 해도 생산회사가 여러 곳이다. 괴산 청원 단양 무주 포항 세종 여주에서 생산된 제품을 판매해 봤다. 이외에도 생산하는 곳은 많다.

사장님, 어느 펠릿이 제일 좋으냐는 질문을 자주 받는다. 태경이 말대로 사장이 추천하는 품목은 대개 사장에게 가장 이문이 많이 남는 제품이라 보면 된다는 말에 동의한다. 목재펠릿이 생물에 가까운지라 균일한 품질의 상품을 생산하기가 쉽지 않아 보인다. 똑같은 회사 제품임에도 품질 차이가 있다.

품질 차이? 시험성적서를 보내오기도 하는데 기준 미달은 유통이 안 되기 때문에 의미가 크지 않다. 새로운 상품이 도착되면 눈으로 보고 냄새도 맡아본다. 물에 넣어서 풀리는 정도도 관찰한다. 계량화는 안 된다. 내가 사용하는 난로에 일정한 양을 넣고 연소 테스트를 해본다. 착화 시간 즉 불이 붙는 시간, 일정한 시간 일정한 부위의 온도 체크, 연소시간을 꼼꼼하게 기록하고 때로는 타고 생기는 재의 양을 측정하는데 내가 판단하는 제일 중요한 기준인데 측정이 매우 번거롭다. 난로를 분해조립하는 수준의 절차가 필요하다.

이런 테스트도 사실 완벽한 조건하에 시행할 수 없다. 날씨나 기온 풍속 등에 영향을 받고 더구나 수백 종의 난로가 연소 방법과 구조가 다르니 내가 측정하는 게 무슨 의미가 있을까 생각하고는 한다. 소비자 각각의 난로가 다르고 취향도 다르다.

소나무 원료의 경우 송진 냄새가 나는데 어떤 분은 향기라 그것 때문에 펠릿 난로를 사용한다 하고, 어떤 분은 악취라 싫다고 한다. 화끈하게 타는 걸 선호하는 분, 은근하게 타는 걸 원하는 분에게 나름 진지하게 설명을 하지만 장사꾼은 이문이 나는 쪽으로 가게 되어 있다.

확증편향이 있는 분들은 국산 또는 수입품에 호감 비호감을 나타내서 일반화의 오류라는 설명이 무의미하다.

장사꾼 10년에 어느 정도 닳은 나는 그게 그거라는 무책임한 설명을 자주 한다. 짜장면 좋아하세요, 짬뽕 좋아하세요, 이렇게 되물어서 서로 웃고 만다.

어떤 손님은 사장님 때는 것을 사겠다는 분도 있는데 이렇게 대답해 준다. 농사짓는 농부는 제일 모자라고 상품성이 없는 것을 먹듯 작업 중 파손되고 훼손된 것을 땐다고 한다.

제대로 된 제품은 테스트 때만 사용한다. 때로는 에너지 총량 불변의 법칙을 들먹이기도 한다. 오래 타면 열량이 떨어지고 잘 타면 짧게 탑니다. 결국 그게 그겁니다.

올겨울 들어 제일 추운 날씨인데도 판매량이 상응하지는 않는다. 188포 판매.

# 몸치, 기계치

2024. 1. 24. 수요일

인격형성에 부모보다 또래집단의 영향이 더 크다는 연구결과가 있다. 중학교 2학년 겨울방학에 동네 친구들과 인근에 새로 생긴 송이버섯 배양사에 노가다를 갔다가 하루 일하고 사흘은 앓았다. 사흘 쉬고 다시 그 버섯농장에 일하러 갔다. 돈 벌겠다고 가는 거지만 친구들이 거기 가 있기 때문에 가야만 하는 것이었다. 선천적으로 나는 운동신경이 둔할 뿐 아니라 노동 신경도 둔한 편이다.

작년 10월 자동차 보험을 가입하려니 무려 연납 130만 원이다. 운전 경력 30년이라면 대개는 이 금액의 절반인 것이 일반적이다. 잦은 사고 때문에 할증이 된 것인데 나는 교통사고를 낸 일이 없다. 앞뒤가 안 맞는 말이다. 밤늦게 아파트 주차장에서 주차하다가 옆 차 범퍼와 휀더를 긁었고, 수영장에서는 수영을 마치고 나오다 옆 차 옆구리를 긁었고, 2년 전쯤엔 세워져있는 통학차량

뒤 범퍼와 내차 옆구리가 접촉을 했다. 이게 교통사고는 아니지 않는가?

거기에다 후진 주차도 못해서 넓은 주차장에서 내 차의 위치는 금방 찾을 수 있다. 내 차만 전면 주차가 되어 있어서 금방 눈에 띈다. 화단의 식물을 보호해야 된다는 게 전면 주차의 변명이다.

내가 파는 우드펠릿 포장 단위는 20kg이 기본이다. 1팔레트는 50포이다. 기본적으로 고강도의 육체노동과 기계 작업이 필요한데 태어나 60년 동안 변변한 노동을 해본 일이 없어 곱디고운 손가락을 가지고 있고 앞서 살폈듯 기계치라서 트럭은 물론이고 팔레트 상하차 작업에 필요한 지게차가 무섭다.

이러니 오늘도 지게차를 불러서 용달 기사의 차에 실려서 배달을 보낸다. 장사 초기엔 요령도 부족했고 비용 감당이 안 돼서 내 투싼 차량에 30포를 손으로 싣고 배달을 했었다. 차량도 망가지고 내 가냘픈 손가락의 손톱은 피멍이 잡히기도 했다. 여러 면으로 나는 이 사업에 적합한 구조를 가지지 못한 인간이었다. 그런데 무엇이 10년을 버티게 했을까. 돈 버는 재미였을까.

오늘 국산 26톤을 받았다. 기본 운송 단위가 1톤 팔레트 26개 26톤이다. 당연히 지게차를 불러서 하차했다. 10년 전 4만 원 했는데 지금은 7만 원이다. 나는 융통성이 부족한 사람이다. 요금은 변했지만 10년 전 내려주던 그 지게차 기사가 오늘도 내려줬다.

# nine to six

2024. 1. 25. 목요일

판매가 거의 없는 여름철에도 6시 즉 18시까지는 문을 열어놓는다. 오늘은 장모님 기일이라 조금 일찍 퇴근해도 문제는 없겠지만 6시 전에 가게 문을 닫지 못한다. 10분 전부터 퇴근 준비를 해서 정확히 6시에 대문을 닫았다. 요즈음은 4시 이후에는 가게를 찾는 손님은 거의 없음에도 난로 앞에서 걸음수를 채울 겸 시계를 보며 통통 뛰다가 문을 닫는다. 보통은 6시경 매장 정리를 시작해서 6시 반경 문을 닫는다. 40년 공무원 생활에 길들여져 6시 전에 문을 닫는 게 용납이 되지 않는다. 병이다. 고질병이다.

장사를 처음 시작할 때 처음 부딪힌 난관은 보관창고를 짓는 것이었다. 동구청에 문의하러 갔더니 마침 담당자가 출장 중이라 옆자리 직원이 친절하게 그림을 그려가며 가건물을 지으면 된다고 해서 업자와 견적까지 주고받고 일정까지 확정했다. 그래도 처음 하는 일이라 구청 담당자에게 확인차 전화를 했다. 안 된단다. 6차선 도로에다 무슨 환경지역이라 안 된단다. 준비가 다 됐는데 어쩌란 말이냐며 항의했지만 소용이 없었고 전화를 하셔서 필히 단속을 나오시겠다는 말에 굴복해서 시설업자에게 그것도 사정사정해서 계약금 20만 원만 뗐다.

이 이야기를 장사 20년 차이고 이 사업을 주선한 헌이에게 했

멈추지 않는 도전이 인생을 빛나게 한다!

다. 한심한 듯 나를 바라보더니 이 주변만 돌아봐도 가설건축물이 한두 개냐, 심지어는 노래방 개업 신고를 하면서 술을 팔아도 되느냐 묻는 놈하고 똑같다며 혀를 찼다. 결국 불법 건축물을 시설했다. 노지에 물건을 보관할 수는 없지 않은가. 그 뒤로 철거 계고장을 두어 번 받고, 두어 번 지붕을 떼었다 붙였다.

내 이력을 아는 그 담당 공무원이 피할 길도 암시해 줬다. 고마운 공무원 동지다. 어찌어찌 공사를 시작하는 날 7시에 설치 업자에게서 전화가 왔다. 아저씨 왜 안 나오세요? 이런, 노가다는 7시부터 작업을 시작한단다. 이 일뿐이랴. 공무원이 장사꾼 되기는 어려웠고 가끔은 스트레스가 도를 넘어 그만두어야겠다는 생각을 여러 번 했었다. 그래도 버티고 버텨서 10년을 장사했지만 아직도 장사꾼이 되지 못했다.


9시부터 5시까지 거의 매시간 손님이 찾았지만 12번의 거래에 128포를 팔았다.


## 시즌


2024. 1. 26. 금요일


오늘 새벽부터 물건 한 차를 받았다. 물건이라 함은 내가 유일하게 판매하는 우드(목재) 펠릿을 말하는 것이고 한 차는 보통 26톤이다. 20kg 1,300포. 화물차량 중 최중량인 25.5톤 차량에 싣고 온다. 오늘은 수입산을 받았고 엊그제는 국내산을 한 차 받았다.

딱 한 종류 상품 우드펠릿만 판매하고 그 판매 기간도 10월부터 이듬해 3월까지가 실질적인 영업 기간이다. 딱 한 가지 상품만 그것도 6개월만 장사를 하니 은퇴자로서 장사 아이템으로는 굿~~이다.

물론 수익이 전제되어야 하지만 말이다. 신문도 딱 그 기간 6개월만 두 종류를 본다. 이번 시즌은 한겨레와 조선이다.

장사하는 사람들 특히 세를 얻어 장사하는 사람들의 로망은 자기 건물에서 장사해 보는 것이란다. 나도 252㎡를 임대했고 매월 100만 원의 임대료를 낸다.

고맙게도 땅주인이 코로나 기간 중 20%를 깎아줬는데 코로나가 종식됐는데도 그 임대료를 낸다. 나는 대신 6개월분을 한꺼번에 낸다. 땅주인의 요구가 아니라 내가 자청한 것이다. 시즌에는 바빠서 매월 챙기기 어렵고 비시즌은 수입도 전혀 없는데 매월 임대료를 낼 때마다 속이 쓰려 미리 6개월치 한꺼번에 내고 잊고 지낸다.

비시즌 6개월, 즉 4월부터 9월까지 무엇을 판매할까 고심하다가 숯장사도 몇 년 해봤는데 기존 업자들의 틈새는 완고했고 캠핑용 그릴도 가져다 놨는데 그 상품이 아직도 창고에 남아있다.

멈추지 않는 도전이 인생을 빛나게 한다!

건강상의 문제도 있어 2020년부터 농사, 아니, 텃밭 놀이를 시작해서 비시즌 숯장사를 할 때보다 더 바쁘다. 조금씩 조금씩 농사지을 땅을 늘려 지금은 2,000㎡가량 농사를 짓는 대농이 되었다. 농지원부와 농업 경영체도 등록했고 작년 말엔 농협 조합원도 가입해서 명실상부한 농민이 되었던 것이었다.

아쉬운 것은 이 땅 2,000㎡이 다 [1]나라 땅을 5년간씩 임대료를 내고 빌렸다는 것이고 [2]집에서 24㎞로 멀다는 것이고 [3]10년 이상 묵혀있던 땅이라 개간 수준의 작업이 필요한데 [4]농기계 접근이 안 되는 영농여건 불리 농지(평균경사율이 15% 이상인 농지), 즉 산골짜기에다가 경사가 장난이 아니라는 것이다.

뒤집어 생각하니 [1]나라 땅이니 내 땅이 아니라 가벼워서 좋고 [2]집에서 멀지만 매일 벚꽃터널을 구경할 수 있고 [3]손으로 개간하려니 곡괭이를 많이 휘두르고 근육이 생겼고 [4]산골짜기라 아무도 보는 이 없을새 땀 흘려 일 끝나고 나만의 성녀탕에서 홀라당 벗고 들어가면 그 시원함이라니! 그전에는 3월이 되면 아쉽고 허전했는데 이제는 오히려 농사가 시작되는 3월이 기다려진다.

엊그제 오늘 총 52톤 2,600포를 창고에 가득 채워놨는데 오늘따라 겨우 56포 판매했다.

# 공복(公僕)

2024. 1. 27. 토요일

97포 팔았다. 토요일 이때 수준의 판매 수량이다. 공주칼국수에 50포 배달해서 실제 가게에서는 47포가 팔린 셈이다. 한 분 손님이 주로 3~5포 정도 구매한다. 보통은 10포 이상 사 가는 게 일반적이지만 이제 겨울 끝이라 그런 것이다. 나도 오늘 사무실 난방을 오전만 했다.

펠릿이 거의 대부분 난방용으로 쓰이지만 고양이 베딩용, 캠핑 불멍용으로도 쓰이고 양봉하는 분들이 연기로 벌을 쫓는 용도로 쓰이기도 한다. 이런 용도로 쓰시는 분들도 5포 정도 구매한다.

오늘 50포를 배달한 친구는 진보 성향이 강하고, 오늘 6시간 놀다 간 친구는 보수 성향이 강한데 둘 다 공무원에 대한 비판적인 성향은 비슷하고, 그러함에도 한 친구는 자녀 두 명이 다 공무원이고, 다른 친구는 아들이 공무원인 것도 유사하다. 그들의 공무원에 대한 시각이 일반적이지는 않지만 공무원 생활 40년을 한 나도 공감되는 부분도 많고 반성하기도 했다.

사업을 시작하게 된 후 구청과 세무서 공무원들과 접할 기회가 여러 번 있었는데 불친절한 공무원은 없었지만 불친절했다. 거만하거나 거칠게 대하기는커녕 상냥하고 친절하게 인사를 했지만

　　　　　　　　멈추지 않는 도전이 인생을 빛나게 한다!

불친절하게 느껴졌다. 민원인이나 주민이 원하는 바를 해결해 주는 게 나는 친절이라 생각하는데 그 부분에 방어적이고 소극적이었다.

내가 면세사업자에서 일반사업자로 바뀌면서 세무서 민원실을 찾았더니 임대 계약서를 가지고 다시 오라 해서 그것을 가지고 다시 갔더니 이런 건 없어도 된다며 처리해 줬다. 응대자가 물론 바뀌었다.

그리고 몇 주가 지나서 국세청에서 면세사업자 사업장신고를 하라는 통지가 와서 세무서를 찾았더니 그 문서를 쓱 쳐다본 담당 공무원은 의아하다는 듯 내년 초에 신고할 때 하면 된다고 그냥 가시란다.

마당에 수도를 새로 설치하려고 수도사업소에 전화로 문의했더니 오셔서 신청서만 작성하면 된다 해서 갔더니 땅주인 동의가 필요한데 그건 구청 건축과에 직접 가서 제출해야 된단다. 그 동의서란 게 없어도 지장이 거의 없는 지극히 형식적인 것이었다.

공무원이었던 나는 왜 그러는지는 알지만, 장사꾼이 된 나는 불편하고 불친절했다. 다시 말하지만, 인사를 잘하는 게 친절이 아니라 기본이고 민원인이, 주민이 원하는 것을 해결해 주는 것이 친절한 공무원이다.

나는 공무원이었을 때 과연 그랬는가 돌아보면 비판할 자격은 없다. 부끄러워해야 마땅하다.


## 취미 활동

2024. 1. 28. 일요일

쉬려고 가게를 연다면 이게 말이 되는가. 일요일이고 요즈음 판매 추이로 보면 판매가 있을 것 같지 않지만 교회에서 점심 먹고 바로 가게로 갔다. 1시부터 5시까지 가게를 열어 딱 한 분이 오셨고 5포를 팔았다. 성경 신약 필사를 작년 2023년 1월에 시작해서 이제 절반 정도 썼다. 계획은 작년에 완료하는 것이었다. 오늘도 사무실 책상 위에 필사지를 펴놓고 만년필로 필사를 이어갔다. 중간에 쉴 겸 빵을 한 판 구웠다. 주로 전기밥솥으로 만드는데 오늘은 오븐을 이용했다. 카스텔라.


**밀가루 150g, 쌀가루 75g, 계란 3개, 황설탕 60g, 식용유와 올리고당 약간, 베이킹파우더 10g, 이스트 2g, 건포도와 삶은 오색 콩, 버터 20g**


1. **달걀 흰자 노른자를 분리한다**
2. **노른자와 밀가루 쌀가루 식용유 올리고당 파우더 이스트 버터를 넣고 물을 넣으며 반죽한다**

멈추지 않는 도전이 인생을 빛나게 한다!

3. 흰자를 휘핑하며 중간중간 황설탕을 넣으며 계란 거품을 만든다

4. 만들어 놓은 반죽에 계란 거품과 건포도 삶은 콩을 넣고 섞어준다

5. 오븐에 넣고 200°C로 40분 가열한다

올겨울에만 50번 이상 빵을 만들어봐서 이제 준비하는데 10여 분이면 된다. 그런데 오늘은 빵이 너무 달고 성형이 제대로 안 되고 부스러진다. Why?

빵 만들기가 평소 취미는 절대 아니다. 올겨울 들어 난생처음 시작한 것이다. 늦가을 농사짓는 밭 근처 산에서 과잉으로 주워 온 밤을 처분하기 위해 밤을 굽고 찌고 조리다가 곁길로 빠진 게 빵 만들기이다. 아직도 부실한 밤이 냉장고에 그득하다.

안식일, 갑자기 내가 지나치게 일에, 장사에, 즉 돈 벌기에 중독 된 건 아닐까 하는 거창한 자기성찰을 해본다. 장사꾼 주제에.

## made in

2024. 1. 29. 월요일

13:11 이후 한 분도 안 오셨다. 올해만 그런 게 아니라 다른 해

한겨울 이맘때 가끔 이런 일이 있고는 한다. 이렇게 손님이 없다고 해도 다른 일에 집중하기는 어렵다. 장사 초기에는 공연히 불안해서 서서 서성대거나 일없이 가게 주변을 맴돌기도 했다. 집으로 아내에게 전화해서 가게 전화번호로 전화를 걸어보라고 하기까지 했다.

오래 장사하면 괜찮을까? 아니다. 평온한 척, 의연한 척해 보는 거다. 난방을 안 해도 21°C인 사무실 온도계를 바라보고는 도를 닦듯 소설책을 읽었다. 권여선의 『각각의 계절』, 김연수의 『사월의 미, 칠월의 솔』.

오늘 수입품만 108포 팔렸다. 올해는 러시아산뿐이다. 우크라이나 전쟁의 영향이란다. 러시아산 우드펠릿이 유럽으로 사실상 금수상태라 못 가고, 유럽은 다른 나라에서 수입을 해야 하기 때문이란다. 미국 캐나다 칠레 뉴질랜드 인도네시아 베트남 그리고 러시아산 우드펠릿을 판매해 봤다. 국제적으로 논다. 글로벌 사업인 셈이다. 숯장사를 할 때는 베트남 라오스 중국제품을 판매했다.


## 인디언 기우제

2024. 1. 30. 화요일

멈추지 않는 도전이 인생을 빛나게 한다!

4시 반쯤 일어나서 끼적대고 부시덕대다가 이른 아침을 6시에 먹고 7시쯤 다시 잠시 누웠는가 싶었는데 깨어보니 8시 반이다. 부지런히 준비하고 출근했지만 20분 지각했다.

　요즈음 기상과 출근 패턴이다. 일어나는 것이 이른 것은 대부분 내 나이대 노인들의 일반적인 현상이고, 출근을 꾸물대는 것은 판매량 저조에 따른 의욕 저하 때문일 것이다.

　가게에 나가서 제일 먼저 펠릿 난로에 불을 피우지만 20여 분이 지나야 사무실이 따뜻해지는데 대개는 그때까지 운동 삼아 난로 주변을 몸을 녹일 겸 가볍게 뛰듯이 빙빙 돌다가 훈훈해지면 자리에 앉아 신문을 편다.

　앉기 전, 어제 13시 3분 이후 거래가 없었음이 생각나서 손님이 한 분이라도 오시기 전에는 의자에 아니 앉기로 '헤어질 결심'을 한다. 서서 두 종류 신문을 30여 분에 걸쳐서 다 읽었는데도 사랑하는 우리님은 나타나시지 않는다. 다시 어제 읽던 소설책을 펴서 읽기도 하고, 평소 잘 안 하던 사무실 바닥 청소도 했는데도 우암로를 지나가는 수없이 많은 차량이 내 가게로 우회전을 외면하고 씽씽 직진 본능만 발휘한다.

　손님이 이대로 안 오시면 나는 서서 돌기둥이 되어야만 한다.

　서 있기를 1시간 반, 그래 은행에 통장정리라도 하러 가자. 통장정리를 하고 있는데 휴대폰이 울린다.

"사장님, 사러 왔는데 어디 계세요?"

그래, 다음부터는 미련하게 서서 기다리지 말고 통장정리를 하러 가자. 그러면 손님이 오시니까.

11시 3분, 오늘 첫 거래로 3포가 팔렸다. 22시간 만에 손님이 오셨다. 오늘 5분이 오셨고 총 51포 팔았다.


## 나의 봄날은 간다

2024. 1. 31. 수요일

매월 말 결산을 해본다. 장사를 시작하면서 개인 통장과 사업용 통장을 구분해서 관리한다. 심지어는 현금자산이 어느 정도 있음에도 굳이 아파트를 담보로 은행에서 8천만 원을 빌려서 사업 자금으로 확보했었다. 당연히 매월 이자를 냈다. 아직 1천만 원은 안 갚았다. 못 갚은 게 아니고. 합리적 사고라 할 수 없다. 혼자 하는 장사에 개인 돈과 장사하는 돈을 구분하는 게 무슨 의미랴만은.

이번 달에는 4,019포가 팔렸고 약 600만 원 정도 사업 자산이 증가했다. 전 시즌 같은 기간에 비해 40% 줄었다. 지지난 시즌

1월 말까지 3만여 포 팔았는데 이번 시즌은 겨우 2만여 포 팔았다. 출구 전략을 세울 때가 된 것 같다. 3월에는 수익이 발생하지 않고 4월부터 9월까지는 가게세만 지출되고 수익은 전혀 없이 버텨야 한다. 농사를 지으면서.

오늘 140포 팔렸다. 110포가 배달이었으니 가게에서는 30포가 팔린 셈이다.

봄날이 온다. 나의 봄날은 간다. 봄날이 가면 또 봄날이 온다.

### 년도별, 시즌별 우드펠릿 판매 수량

(단위: 포)

| 구분 | 10월 | 11월 | 12월 | 다음 해 1월 | 2월 | 3월 | 합계 |
|---|---|---|---|---|---|---|---|
| 2015년 | 453 | 2,343 | 3,518 | 3,811 | 3,255 | 1,349 | 14,729 |
| 2016년 | 1,374 | 5,343 | 5,594 | 5,329 | 4,299 | 1,785 | 23,724 |
| 2017년 | 1,426 | 7,295 | 8,690 | 8,858 | 8,324 | 2,385 | 36,978 |
| 2018년 | 4,707 | 6,376 | 9,459 | 8,674 | 5,456 | 2,006 | 36,678 |
| 2019년 | 2,985 | 7,064 | 7,189 | 5,447 | 4,309 | 1,797 | 28,791 |
| 2020년 | 4,087 | 5,680 | 9,173 | 7,028 | 3,888 | 2,000 | 31,856 |
| 2021년 | 3,013 | 6,959 | 8,937 | 7,011 | 5,560 | 1,687 | 33,167 |
| 2022년 | 3,628 | 5,032 | 9,086 | 6,643 | 2,748 | 698 | 27,835 |
| 2023년 | 3,401 | 5,433 | 4,124 | 4,019 | 1,860 | 1,451 | 20,288 |
| 2024년 | 1,834 | 4,300 | 2,791 | 3,318 | 2,733 | 1,000 | 15,976 |

3장

농사일지

# 농사꾼의 하루

2024. 2. 18. 일요일,
비 -1℃~10℃

12월 9일 밭에 가보고 오늘 가봤으니 두 달 하고도 열흘 만이다. 양파 마늘 쪽파의 낙엽 덮개를 벗겨주는 것으로 올해 농사 시작했다. 아직 2월인데 개구리는 습지에 알을 낳아놨다. 가지치기를 할 줄 몰라 방치한 매실나무에도 꽃은 필 준비를 하고 있다. 주인 잘못 만나 생고생이다.


2024. 2. 25. 일요일,
약한 눈 0℃~5℃

컨디션이 좋지 않음에도 늦은 오후 밭에 가서 719구역에 농기

멈추지 않는 도전이 인생을 빛나게 한다!

계 작업을 위한 통로 확보 작업을 했다. 길을 가로막은 통나무를 엔진톱으로 잘라서 무너지고 파인 곳을 메우는 작업을 했다. 727 구역의 파, 양파, 마늘, 쪽파의 월동을 위해 덮어 주었던 낙엽을 치워줬다. 너무 두껍게 덮어주고 치워주는 게 늦었는지 짓무른 게 보인다. 10여 주 되는 과실수 전지는 아직 손도 못 댔다. 늦었다. 그냥 둘까. 자연스럽게.

2024. 3. 7. 목요일,
비 1℃~9℃

727구역에 퇴비 뿌리고 오늘도 역시 곡괭이로 이랑 만드는 작업을 두어 시간 했다. 두어 시간을 쉬지도 않고 작업을 계속했다. 봄이라지만 겨울 끝이 남아있어 아직은 가게를 열어야 해서 마음을 더 바쁘게 한다. 쉬엄쉬엄하자는 생각은 늘 하지만 밭에만 가면 늘 일에 매몰된다.

2024. 3. 10. 일요일,
맑음 -3℃~13℃

늦은 오후 두어 시간 곡괭이를 휘둘렀다. 727-2는 일단 정리. 부산물로 발생한 냉이를 물로 헹궈 가져왔다. 나이 드니 냉잇국이 좋다.

2024. 3. 13. 수요일,

흐림 0℃~13℃


영농 일지도 2020년부터 5권째 기록하고 있다.


07:30~10:00 ① 과실수 15주 주변을 둥글게 파서 퇴비 넣을 준비, 보조금 퇴비가 아직 안 도착했다. ② 수박, 참외, 호박 등을 심을 구덩이 30여 개를 아시로 팠다.

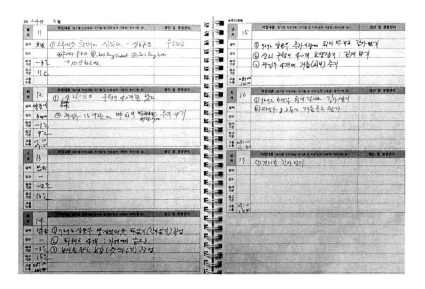


2024. 3. 14. 목요일,

맑음 2℃~17℃


밭에 가서 곡괭이질만 하면서 두어 시간 놀았다. 가끔 농사도,

장사도 집착이요, 욕심이라는 생각을 한다. 하기는 그것뿐이랴만.


2024. 3. 23. 토요일,
비(4mm) 10℃~21℃


모처럼, 아내와 농장을 찾았다. 휘둘러보고 냉이와 쑥을 캤다. 냉이는 지났고 쑥은 이르다. 날도 따뜻해 따뜻해야 할 분위기는 썰렁했다. 4월 29일 친구들과 대만 가려고 그것도 내가 주도해서 예약까지 마쳤는데 아내가 수업 때문에 도저히 안 되겠단다. 공연히 우울해했다. 혼자 갈 수도 없고….

 2024 대청호 벚꽃축제(3.29~3.31) 준비가 한창이다. 정작 꽃이 필까, 오는 길에 벚나무 가지를 당겨 확인해 보니 꽃망울이 생기기는 했다.


2024. 3. 29. 금요일,
비(21mm) 6℃~14℃


 719구역 밭을 경운기로 갈아주겠다 약속하신 꼭대기 집 광산 김씨께서 약속한 8시에 전화해서 못해주시겠단다.

 719구역에 들어가려면 남의 밭을 지나야 하고 진입로도 온전하지 않다.

누가 하더라도 위험하다는 생각을 했는데 오히려 안도했다. 몇 년 곡괭이질을 더 해야 밭 모양이 날 모양이다.

베어낸 아카시아나무 뿌리를 파내려니 나무라는 게 수고(樹高) 만큼 뿌리가 뻗는다더니 포클레인(백호 backhoe)으로만 정리가 될 만큼 뿌리가 뻗어 있다.

의지의 한국인, 곰처럼 곡괭이, 톱, 전지가위를 이용해서 용을 썼다.


2024. 3. 30. 토요일,

비(2mm) 2℃~17℃


나는 거의 매일 대청호 벚꽃 축제장에 간다. 어쩔 수 없이 지나 게 된다. 밭을 가려면 그 벚꽃길을 통과해야 갈 수 있고, 올 수 있 기 때문이다. 그것도 대부분 7시쯤 지나게 되니 나 홀로 온전하게 즐기게 된다. 오는 차도 가는 차도 거의 없다. 오늘도 그 꽃길 신 상교차로에서 방아실까지 7km를 35km 속도로 크루즈(정속운행) 로 해놓고 풍광을 즐겼다. 아직 벚꽃은 안 피었지만 어디 벚꽃만 풍경이랴. 대청호도 보이고 파래지는 버들개비와 안개도 멋지다.

멈추지 않는 도전이 인생을 빛나게 한다!

2024. 3. 31. 일요일,

맑음  2℃~19℃


아내와 방아실 밭에 도착하니 늦은 4시 반이다. 사실 감자 8kg 은 혼자 심어도 되지만 한번 가서 도와주겠다는 아내의 희망을 즉시 수용했다.


은퇴하고 보니 만나자면 얼른 만나고, 누가 마실거냐면 얼른 그 러겠다고 해야겠다고 생각을 정했다. 아내 말이야 더 말해 무엇 하겠는가.


2024. 4. 1. 월요일,

맑음  4℃~22℃


2024 대청호 벚꽃축제가 어제 끝났는데 꽃들은 이제 꾸물꾸물 게으름을 피기 시작한다.


자영홍영 감자 4kg 정도 심었다. 지난주 파놓은 수박 참외 등을 심을 구덩이 40여 개에 퇴비도 넣었다. 그것도 일이라고 숨이 찬 다. 10구덩이 정도 남았는데 일을 멈췄다. 이럴 때 갈등이 생긴 다. 겨우 10개 남았는데 마무리해야지와 무리하지 말아야지가 싸 워서 무리하지 말아야지가 오늘은 이겼다. 따뜻한 햇살을 맞고 간식을 먹으며 파란 하늘을 올려다봤다. 새소리 물소리도 들린다. 그래, 이 맛이야.


**2024. 4. 4. 목요일,
흐리고 비(16mm) 12℃~17℃**

기상청의 예측도 때로는 빗나가 올해처럼 벚꽃도 없는데 축제가 열린다. 그러나 나는 대청호 벚꽃길에 꽃 피는 절정의 시기를 놓친 적이 2020년 이래 단 한 번도 없다.

왜냐하면 거의 매일 농사를 지으려 그 길을 오가야 되기 때문이다. 오늘도 나는 활짝 핀 벚꽃을 봤고 내일도 그리고 모레도 여전히 활짝 웃으며 나를 반기는 꽃놈들을 봐줄 것이다.

> 벚꽃이 지고 말면 그뿐 내 한해는
> 다 가고 말아/ 삼백예순날 하냥 섭
> 섭해 우옵네다/ 벚꽃이 피기까지는
> / 나는 아직 기다리고 있을 테요 /
> 찬란한 슬픔의 봄을
>
> - 김영랑, 「모란이 피기까지는」시 차용, 같은 김해 김씨임

2024. 4. 5. 금요일,
흐리고 약한 비 10℃~19℃


지나침은 모자람만 못하다. 지난겨울에 양파, 마늘, 대파, 쪽파, 달래파를 심고 잘한다는 풍신이 낙엽을 두껍게 덮고 그 위에 현수막을 덮고 핀으로 고정까지 했다. 현재 마늘과 달래파만 남아 있고 양파, 대파, 쪽파는 거의 다 사망했다. 실수로 덜 덮인 가장자리에 몇 개만 남아 있다.


2024. 4. 7. 일요일,
가끔 맑음 7℃~25℃


안식일, 곡괭이질 하는 게 쉬는 거라 하면 억지다. 일요일 늦은 오후 곡괭이질 하러 밭에 가서 헉헉대며 두어 시간 휘둘렀다. 이즈음 꽃구경은 덤이다. 벚꽃이 화일짝 피었다.


2024. 4. 25. 목요일,
맑음 10℃~23℃


방아실 농장, 대정동산, 성녀골


셋 다 내가 농사짓고 있는 곳을 이르는 말이다. 대정리는 법정

명칭이고, 방아실은 속칭 이름이다. 농사짓는 그 골짜기가 성녀
골이다.

 727-2, 724, 719

 지목은 전, 전, 답이고 작은 개울을 사이에 두고 나뉘어 있고 각
각 떨어져 있다. 셋 다 국유지이고, 셋 다 이전(以前) 소유자가 일
본인 이름이다. 아마도 소위 적산(敵産) 땅이었던 듯하다.

### 내 땅인데 전화 바람

 농기구를 보관해 놓는 텐트에 이런 메모가 남겨져 있다. 아직도
이런 땅이 있다. 그런 땅에서 그것도 임대해서 농사랍시고 짓고
있다.

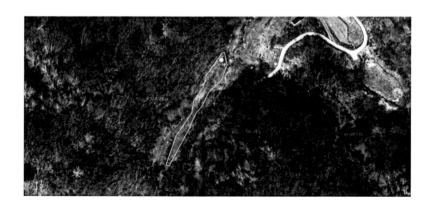

멈추지 않는 도전이 인생을 빛나게 한다!

2024. 5. 2. 목요일,

맑음 10℃~25℃


21:30 잠자리에 들어 04:30에 일어났다. 보통은 자다가 화장실에 한 번 가고는 하는데, 한 번도 깨지 않고 7시간을 잤다. 밭에가서 밭일을 안 하고 밭을 둘러싼 가파른 산을 헤매며 오로지 야생 취를 750g 채취하는 중노동을 했기 때문이다.


2024. 5. 10. 금요일,

맑음 10℃~25℃


6시쯤 밭에 도착해서 12시가 넘어서까지 밭에 있었다. 6시간이나 밭에 있었지만 딱히 표나게 한 일도 없는 것 같은데 시간은 잘도 간다. 하기는 이렇게 시간 보내는 게 내 목적일 수도 있겠다.


2024. 5. 13. 월요일,

맑음 9℃~26℃


3년이 지나서야 밭 근처 야산의 밤이 보였고, 4년이 지나서야 야생 취가 보였고, 밭 언덕에 미나리가 자생하고 있음이 오늘 보였다. 내 관찰력에 문제가 있는지 아니면 올해 갑자기 나기 시작했나. 미나리는 뿌리로 번식되는 게 아니던가. 두 손으로 들어야 할 만큼 잘라 왔지만 우리 둘이 먹기는 너무 많다. 이웃에 순자 씨네 가져다줬다. 오늘 뜯은 상추와 두 주 전에 뽑아서 말라비틀어진 달래파를 두어 시간 다듬은 것까지 드렸다. 문제랄 것까지는 아니지만 텃밭 수확물을 처리하는 것도 문제다. 나누자니 품질이 조악하고 그렇다고 먹는 것인데 버릴 수도 없다. 달래파도 나눌 타이밍을 잃어 두 주나 베란다에서 말라갔었다. 오늘 미나리만 해도 먹을 만큼만 수확하면 되는데 눈앞에 보이는 대로 욕심인 줄 알면서도 뜯게 된다. 가만 생각해 보니 야생의 경우 더 그런 것 같다. 욕심이다.


### 2024. 5. 17. 금요일,
### 맑다가 흐림 14℃~26℃


7시 반에 밭에 도착해서 12시 반까지 있었다. 소위 요즈음 루틴이다. 5시간 동안 강 장로와 35초 통화한 것을 제외하면 묵언수행이 따로 없다. 산불 감시용 비행기 소리가 가끔 들릴 뿐 새소리, 물소리, 바람 소리뿐 사람은 구경도 못했다. 여유로운 듯 보이는 풍경이지만 나는 밭에 가면 늘 바쁘다. 백살공주(대정리 공유 주방)에서 동네분들 점심 드시라고 11시 50분쯤 방송을 듣고는 서둘러 작업을 마무리하고는 한다.

오늘은 동생의 부탁으로 취 및 둥글레 몇 개 캐다 달래서 산에 올랐다가 아내에게 환영도 못 받는 취를 2시간이나 뜯었다. 보이면 뜯게 된다. 욕심이고 고질병이다.

2024. 5. 28. 화요일,

맑음 12℃~25℃


　토요일 일요일 월요일 밭에 못 가서 궁금했는지 밭에 도착해 보니 5시 반이다. 거의 대부분 시간 풀을 뽑는 데 썼다.

　소신도 철학도 없으면서 제초제도 안 하고, 비닐 멀칭도 안 해서 밭이 풀 천지다. 오월은 푸르구나.



2024. 6. 3. 월요일,

맑음 14℃~28℃


　동대전농협 영농자재센터에서 복숭아 씌우는 봉지 100매를 1,220원 주고 샀다. 농사 5년 만에 처음이다. 이리저리 살펴도 어떻게 씌우는지 모르겠다. 다시 판매장에 들어가서 겸연쩍어하면서 방법을 물었더니 직원이 매직 펜을 나더러 들라 하고는 친절하게 시범을 보여줬다. 下問不恥. 下(아래)가 아니라, 何(어찌)로 써야 될 것이다.



2024. 6. 5. 수요일,

흐리고 비 10℃~29℃


　텃밭 이웃 세 분을 만났고 우연히도 세 분 다 제초제를 쓰라고 권하신다. 나는 건강이나 친환경 때문에 제초제나 농약을 꺼리는 게 아니라 동식물을 너무 잔인하게 대하는 것 같아서 그런다. 권하시는 이웃분들의 고맙고 안타까운 충고에 애매하게, 적당하게 웃어넘긴다.


2024. 6. 7. 금요일,
맑다가 비 16℃~29℃


지금 짓는 땅도 감당을 못하면서 오늘도 새벽부터 곡괭이질이다.

열무와 얼갈이배추는 병해와 충해에 적절한 시비가 안 되어 잎보다 빵구 구멍이 더 크지만 얌전하게 정리해서 아내에게 진상했다. 진상(억지를 부리는 행위)이다. 부추와 영양부추도 잘라서 가지런히 다듬어 왔다.

매실 2나무에서 345개 땄다. 이 또한 병충해를 입었다. 설탕도 3kg 사 오라는 아내의 지령을 받았다.

지난주 심은 호박 4구덩이 2개씩 싹이 모조리 없어졌다. 옆의 수박 모종도 1개 없어졌다. 짐승의 공격인 거 같기는 한데, 글쎄, 모르겠다. Who? Why?

멈추지 않는 도전이 인생을 빛나게 한다!

2024. 6. 8. 토요일,
비(5mm) 17℃~26℃


비가 오는데도 새벽부터 밭에 가서 곡괭이질도 하고 풀도 뽑았다. 시원하니 좋기만 하구먼. 오후에는 수박 순지르기 영상을 이것저것 봤다. 올해는 제대로 된 수박 한번 따볼 수 있을까?


2024. 6. 11. 화요일,
맑음 22℃~32℃


작년 11월 각각 200개 정도씩 심었는데 양파는 9개, 마늘은 82통 수확했다. 낙엽으로 두껍게 덮어주고, 거기에다 비닐로 다시 덮어 주고, 추울까 봐 늦봄까지 그냥 뒀더니 뜨고 물러서 사망했다. 過猶不及.


2024. 6. 15. 토요일,
흐리고 비(3mm) 22℃~29℃


밭에 4~5년 된 배, 대추, 감, 호두, 살구, 매실, 자두, 사과, 복숭아가 한두 그루씩 있는데 올해는 매실과 복숭아, 사과만 열렸다.
매실은 두 나무에서 7kg 이미 땄고, 사과는 20개 열렸다. 나무 하나에 복숭아는 223개 열려서 180개는 봉지를 씌워줬다. 봉지를 씌우면서 50개는 솎았지만, 50개를 더 해줘야 하는데 이제 계란만큼 커져 아까워서 그러지 못했다.


2024. 6. 19. 수요일,

맑고 덥다 19℃~37℃


719구역, 150坪, 열흘에 걸쳐서 하루에 두어 시간씩 퇴비를 뿌리고 곡괭이로만 이랑을 만드는 작업을 일단 오늘 마무리했다. 흙보다 돌이 많았고, 먼저 시작한 곳은 다시 풀이다. 참, 징하다.

**6월 25일 이후, 두어 달 동안 기록을 남길 수 없었다.**

2024. 8. 8. 목요일,

흐리고 비(1mm) 25℃~30℃


아내께서 무단으로 운전기사 역할을 하루 더 연장하니 눈물이 앞을 가리지만 오늘이 이번 학기 마지막 수업이라 그나마 다행이다. 그 대기 시간을 이용해서 코로나로 부실해진 몸을 이끌고 밭에 가서 적당히 자란 열무 뽑아 왔다. 간 김에 덤으로 오이, 가지, 참외, 수박, 토마토를 적당량 걷어 왔다.

멈추지 않는 도전이 인생을 빛나게 한다!

2024. 8. 9. 금요일,

맑음 25℃~34℃


아내가 열무김치 담근다며 가게에 보관 중인 올봄 캔 마늘을 가져오래서 꺼내보니, 이게 웬일, 100개가 거의 다 썩거나 삭았다. 신경질+자책. 무신경하고 무계획하고 대강 대충인 스스로에게 화를 냈다.


2024. 8. 13. 화요일,

흐리다 저녁에 비(19mm) 25℃~35℃


너무 더워서 이틀에 한 번씩만 밭에 가야겠다 했는데 어제에 이어 오늘도 밭에 갔다. 벌써 두어 주 비가 내리지 않은 바싹 가문 땅에 얼갈이배추 모종을 심어놓고 말라죽을까 봐 원칙을 어기고 밭에 간 거다. 내 기우(杞憂)를 비웃기라도 하듯 쌩쌩하니 살아있다.


2024. 8. 15. 목요일,

맑음 26℃~34℃


5시 밖은 컴컴했는데, 아쉬운 듯 작업을 마치려 시계를 보니 10시, 한번 쉬지도 않았고, 물도 한 모금 안 마셨는데, 5시간 순간이동.


2024. 8. 23. 금요일,
흐림 24℃~33℃


다정한 것이 살아남는다.

어제오늘 새벽, 719구역 들깨 심은 곳에 예초기를 두어 시간씩 돌렸다. 나의 위대한 실력으로 길러낸 부실한 플러그 모종으로 늦게 심은 데다가, 심고 난 뒤 비도 거의 안 와서 기대를 못 하고 방치했는데, 어쨌든 고사한 것보다 살아있는 게 더 많다. 살아남은 것이 강한 것이다. 강한 게 살아남는 게 아니고.


2024. 8. 29. 목요일,
흐리고 비(3mm) 23℃~32℃


작년 2023년에는 작업이 끝난 후 성녀골 계곡물에 목욕을 하는 게 낙이었는데, 올해는 가물어서 그 기쁨을 누릴 수 없으니 애석하다. 6시에 밭에 도착해서 별로 한 일도 없는데 11시까지 있었다. 보는 사람도 없고, 당연히 시비를 가리는 사람도 없지만 골체미가 참 거시기하다.


멈추지 않는 도전이 인생을 빛나게 한다!

2024. 9. 5. 목요일,
흐리고 비(1mm) 23℃~32℃


김장 배추 모종(휘파람골드) 127개 심었다. 너무 가물고 아직도 기온은 높지만, 더 미루면 안 될 것 같다.

대청호 벚꽃길 벚꽃나무 잎이 말라서 많이 떨어졌다. 원래 이때쯤에 그런 것인지 너무 가물기 때문인지 모르겠다.

작년 이맘때 밭 주변 산에서 밤 줍기를 시작했는데, 올해는 아직 열흘은 더 필요해 보인다. 이 또한 기후 때문일까?


2024. 9. 14. 토요일


평안하셨는가? 평안, 손녀의 태명이었는데 그 아이를 지난 6월 25일 잃었다네. 그러니 평안하지 못했겠지. 엉엉 많이 울었다네. 아버님이 돌아가셨을 때도, 6년 전 젊은 처제가 죽었을 때도, 우리 첫아이가 사산됐을 때도 안 울었고, 소리 내어 울어본 적도 거의 없는 내가, 아내가 걱정 겸 핀잔을 줄 정도로 울었다네. 가슴이 아프다는 게 그냥 은유인 줄 알았는데 정말 물리적으로 아프더군. 사실 최근 2~3년 말대로 그냥 평안했었지. 그랬는데 8개월밖에 안 된 손녀를 데려가시니 처음엔 그분을 강하게 원망했고 조금 정신이 들어서는 아니, 타협이던가 내가 겸손하지 않았는지 돌아봤다네. 이 평안이 내 의지나 공로로 그렇게 된 줄로 착각하지는 않았는지 돌아봤다네. 군대 갔던 3년을 제외하고 명절에 고향을 찾지 않은 경우는 없었는데 이번 추석, 99세이신 어머님께 이 상황을 전해 드릴 수 없어 고향에 갈 수가 없다네. 또, 울컥 눈물이 나누만. 그 나쁜 놈. 지금 자네 메시지 '평안'이란 단어를 보고는 감정이 과잉돼서 그렇지 많이 평온해졌다네. 그 평온에 겨우 80일 전 간 손녀가 섭섭해할 것 같은 생각도 든다네. 미안하이, 친구. 어쩌겠나. 가끔은 안부 전화나 연락이 오면 내 감정을 전염시키기 싫어서 그냥 잘 지내고 있다고 한다네. 그 사실을 알리지 않았을 뿐 이제 일상으로 돌아와 어느 정도 평안하게 지내고 있는 것도 사실이고. 자네도 즐거운 추석 명절 잘 보내시게나. 거듭 미안하네. 추신; 지난 2월 21일 40분 42초 통화했었더군. 명절 지내고 연락하자구.

**2024. 9. 21. 토요일,**
**폭우(131mm) 20℃~25℃**

적이 말리는 정은 나보다도 더하오.

6시쯤 밭에 도착해서 두어 시간 예초기를 돌렸다. 농사와는 거의 상관없는 환경미화 작업이다.

벌레 먹고 비에 흙이 튄 열무를 하나씩 뽑아서 하나씩 다듬어 바구니에 담고 있는데 - 아내의 수고를 덜기 위해, 아내의 말폭탄을 피하기 위해 - 비가 말린다. 쩝쩝 철수.

멈추지 않는 도전이 인생을 빛나게 한다!

2024. 9. 24. 화요일,

맑음 15℃~27℃


딱히 한 일도 없는데 5시간 밭에 있었다.

06:30~11:30. 10분 정도 간식을 먹을 때를 빼고는 계속 움직였다. 밭에 다녀오면 거창하게 그날 그날 한 일을 기록하는데 오늘은 그냥 애매한 일들이라 남기기도 쉽지 않다. 물론 밭에 가기 전에 이것저것 계획을 하지만 일하다 보면 옆길로 빠지기 일쑤다.


2024. 9. 29. 일요일,

맑음 19℃~28℃


엊그제 진성이와 점심 약속을 하면서 요즈음도 밭에 매일 가냐며 이해가 안 된다고 한다. 어제는 순태에게 밭을 구경시켜 주니 순태 또한 마치 한 가지 반응이다. 스스로도 가끔 내가 이해가 안 될 때가 있기는 하다. 이상한 놈이다.


2024. 10. 5. 토요일,

맑음 11℃~24℃


사실 나의 일은 노동이라기보다는 놀이에 가깝다. 내가 그것을 모르지 않지만, 노동을 놀이로 바꾸려는 못 이룰 소망을 버리지 못하는 것은 나의 오래된 악덕이다.

　　　－ 김훈, 『허송세월』, 2024, 나남, p173


　나도 내 밭일을 '텃밭놀이'라 칭한다. 뿐이랴, 장사조차도 '가게놀이'라 하면 악덕이요 자랑질이다. 그 놀이 같은 5년 농사, 10년 장사에 심취해서 오늘 한의원에 가서 어깨에 장침도 맞고, 찜질도 당했다. 몸은 그만 가라고 하고, 마음만은 계속 가라고 한다.


## 2024. 10. 15. 화요일,
### 가을비(34mm) 17℃~20℃

適者(적자)

땅 깊이(地深)가 얕은 곳에 무를 심었더니, 무가 누우려고 한다.
동사면(東斜面)에 배추를 심었더니, 다 동쪽으로 15° 인사를 한다.
병든 고추를 따버리려니, 농사꾼의 미련(未練)이 미련하다.


## 2024. 10. 16. 수요일,
### 흐림 16℃~25℃

晩時之歎(만시지탄)

엊저녁 비로 인해 흙이 배춧잎에 튀었길래 물로 하나하나 닦아줬다. 아이들 클 때 이렇게 보살펴 준 기억이 없다. 공연히 미안

　　　　　멈추지 않는 도전이 인생을 빛나게 한다!

한 마음이 들었다.


2024. 10. 20. 일요일,
맑음 10℃~18℃


몸 상태의 부조로 밭을 못 간 지가 여러 날 되어 들깨를 못 벤지라 바람도 불고 약간 추웠지만 밭에 가서 들깨를 베었다.
간 김에 가지(토종, Mitoyo, ShootingStar)를 여나무(여남은) 개 따와서 저녁 예배 때 나눴다. 나눔도 일이다.


2024. 10. 28. 월요일,
약한 비(1mm) 12℃~18℃


들깨를 털어서 개방된 가게 창고에 퍼놓고 온 것이 새 떼의 공격을 받을까 걱정이 돼서 잠이 안 오고 밥맛도 없다.


2024. 11. 4. 월요일,
맑다가 흐림 9℃~22℃


양파 모종 100개, 마늘 종구 100개를 심었다. 올해 농사는 마무리된 거나 마찬가지이다. 이제 장사 시즌이다.

4장

일
상
일
지

# 나의 하루

## 목적과 목표

2024. 1. 3. 5:18

목표를 세우지 않는 게 정신건강에 좋다는데 2024년 2가지 목표를 정하고 가족들에게 말했다.

첫째,
걷기 1일 목표를 5,000걸음에서 5,500걸음으로 조정해서 조금 더 걷자.

둘째,
9년간 장사한 내용을 정리해서 상반기 중 기록으로 남기자.

멈추지 않는 도전이 인생을 빛나게 한다!

(1)

5,500걸음은 최근 한 달 일평균 5,243걸음보다는 많고, 연평균 6,390걸음보다는 적은 목표다.


(2)

2021년 『암중일기』를 내면서 책 말미에 다음 책 제목을 정했었다. '장사일지', 올 1월의 장사 기록으로 9년을 기록할 것이다.


둘 다 목적은 뻔하지만, 목적 없는 것처럼 할 것이다. 그냥 할 것이다. 그냥.


## 신춘문예

2024. 1. 4. 6:40


집에 들어서자마자 가게에서 가져온 신문을 펴놓고 아내를 불렀다. 당신은 이 씨 해, 나는 김 씨니까 김 씨 할게. 30여 분 아내와 나는 관객이며 배우로 즉석 연극을 했다. 조선일보 신춘문예 희곡 당선작 이정 작가의 '구덩이'를 시연한 것이다. 등장인물도 딱 2명이라 딱 맞춤이었다. 낄낄대며 시작했지만 나도 모르게 감정이입이 돼 진지한 배우가 된 나를 발견했다.


**남편** 택도 없는 돌발 요구에 당신 왜 바로 응했어?

**아내** 그렇게 안 해주면 당신 삐지잖아.

또 한 편의 연극이다. 사는 게

## 과찬

2024. 1. 6. 6:11

갑봉이가 농사지은 고구마 10kg 한 상자를 가지고 왔다. 전전 년에 한 상자 가져왔는데 맛이 없어 입발린 칭찬도 안 했더니 작년에는 고구마를 못 받았다. 이번에는 어떤 맛이든 기필코 맛이 겁나 좋았다고 썰을 풀어 고구마를 기필코 받고야 말겠다.

내가 농사지은 것도 상태에 불구하고 좋게 말해주는 사람에게 주고 싶지 아니한가. 갑봉이에게 내가 오늘 만든 빵을 줬더니 손으로 뚝뚝 떼어 먹으며, "성태 너 이제 빵집 차려도 되겠다"며 맛나게 먹어준다.

저녁은 샘플을 가지고 온 대체 사장과 먹었다. 대체 사장은 식당에서 밥을 먹고는 언제나 음식 맛에 대해 폭풍 칭찬을 아끼지 않는다. 사는 사람도, 식당 주인도 기쁘게 해준다. 오늘도 역시다. 그런데 이건 못 따라 하겠다. 밥알이 곤두설 것 같아서.

멈추지 않는 도전이 인생을 빛나게 한다!

큰일 날 뻔, 의자를 뜬금없이 세탁해 잘 마르라고 난로불을 피워놓고 퇴근했더니 그만 눌었다. 자나 깨나 불조심

## 없었다

2024. 1. 7. 7:37

넌 한 번이라도 카메라 앞에서 진심이었던 적 있었어?
이틀에 걸쳐 '거미집'을 봤다. 영화가 자꾸 내게 말을 걸고 윽박질렀다.
너는 한 번이라도 네 삶 앞에서 진심이었던 적 있었어?

너는 네가 믿는다는 그 신 앞에서 한 번이라도 진심이었던 적 있었어?

## 여인숙

2024. 1. 8. 7:00

작가의 진심이 느껴진다. 인물 사진은 피사체와의 교감과 공감이다. 풍경 사진도 마찬가지이다. 어디 사진뿐이랴. 인간관계도 진심과 교감일 터. 일삼아 대전 역전 노점에 다녀오며 바라보이던

낮설지 않은 풍경. 보이지 않던 그 안의 사람들을 볼 수 있었다.

이강산, 『여인숙』

## 빵-빵-빵-

2024. 1. 9. 6:50

지난 11월부터 가게에서 장사를 하면서 거의 매일 밀가루 또는 쌀가루 200그램으로 밥솥 또는 오븐에 1판 때로는 2판 빵을 굽거나 찌는데 나는 아직 안 지겨운데 아내가 이제 그만 만드시란다.

## 둔필승총 鈍筆勝聰

2024. 1. 10. 6:27

임진왜란 때 공을 세우기는 곽재우 장군이 많았지만 역사가 이순신 장군을 기억하는 것은 일기 즉 기록을 남기고 안 남기고의 차이란다. 한자 1급에 대한 미련을 버리지 못하고 한자 학습 유튜브를 매일 본다. 그리고 누가 읽어주지도 않는, 않을 기록을 졸린 눈 부릅뜨고 둔필로 기록해 둔다. 승총은 바라지도 않는다. 기록이 총명한 기억보다 낫다.

멈추지 않는 도전이 인생을 빛나게 한다!

# 2024년 한 해,
# 행복해지려거든 목표를 세우지 마라

2024. 1. 12. 6:09

작년 걷기 목표는 매일 5,000걸음이었고 1년간 일평균은 6,359 걸음으로 목표를 넘었지만 260일만 5,000걸음은 넘었음은 실로 유감이다.

올해 목표는 딱 10% 5,500보로 높였는데 별거 아닌 그게 부담이 된다. 2021년 목표는 10,000보였지만 실제는 일평균 3,313걸음이었고, 10,000보 이상인 날도 64일에 불과했다. 2022년부터 목표를 절반인 5천보로 줄였더니 일평균 6,088보로 2021년에 비해 걸음수가 거의 2배로 증가됐다.

고로 목표를 잘 설정해야 된다.

이 목표를 오늘도 달성하기 위해 가게 근처 마트를 마다하고 조금 먼 마트에 다녀왔고, 가게 화장실을 두고 300m 떨어진 공중화장실에 일부러 3번 다녀왔다.

또 하나, 이건 목표로 세우지는 않았지만 11층 우리 집에 엘리베이터를 타지 않고 걸어서 오르기를 성실히 방정하게 실천 중이다.

오늘 7,379보 걸었고 11층도 걸어서 올라왔고 책도 3권 빌려왔다. 참 잘했어요, 성태 씨!

## 봐줬다

2024. 1. 13. 7:20

〈립세의 사계〉를 보려고 롯데시네마 관저점에 갔다가 한 명도 예매를 안 해서 싫다는 아내의 거부권 행사로 입맛을 다시고 대신 관저동 '바질리코'에 가서 저녁을 먹었다. 평소엔 거부권이 택도 없지만 내일이 아내 생일이라 눈물을 머금었다.

다음은 8년 전 꼭 이맘때 아내와 단둘이 본 영화 이야기.

지난 금요일(1월 22일), 아내와 영화를 보러 갔다.
MCV대전아카데미극장 오후 7시 10분 영화, 〈오빠생각〉.
가게서 제일 가까이 위치해 있다.

그날도, 오늘도 예매율 1위인 영화다.
아카데미극장 5층에 있는 3관을 284석을 통째로 전세 내서 오롯이 아내와 둘이서만 영화를 봤다.

이런 애인은 혹 아주 드물게 봤겠지만 이런 남편 있으면 나와보라구

멈추지 않는 도전이 인생을 빛나게 한다!

해!

　그러나, 실상인즉,

아내와 둘이서 영화를 보기로 약속하고
복잡한 인증을 걸쳐서 예매를 했다.
7시 10분보다 약간 늦어서 서둘러 매표 창구에 가보니
달랑 두 명의 직원만 있어서 이미 다 올라가셨나 했다.

엘리베이터를 타고 5층 3관에 가 보니
영화는 상영되고 있었는데
이런, 관람객이 우리 둘뿐이다.
뭔가 잘못된 줄 알았다.

며칠 전 우드펠릿을 사러 오신 식당 사장님이 말씀하시길,
기관단체의 장이 오시는 것을 반기지 않으신단다.
직원들이 신경 쓰여서 안 오니 장사가 안 된단다.

아내 왈,
(극장 측에, 또 남편에게)
이렇게 신경 쓰지 말라고 했는데….

영화도 보고, 구도심의 민낯도 보다.

# 헤어질 결심

2024. 1. 13. 22:13

한동네 같은 해 태어난 동무들이 1972년 즈음부터 모임을 시작했으니 50년이 넘었다. 오늘 그 모임이 있었다. 나이가 들면서 너그러워지는 게 아니고 고집이 세지고 편협해진다. 나도 그렇다. 내 생각이 정해지면 남의 의견은 듣지도 않고 화부터 낸다. 나도 그렇다. 자진 탈퇴 의사를 나타낸 친구에 대한 회비 잔액에 대한 반환 여부로 얼굴을 붉히고 해체하자는 말도 서슴없다.

원병이 메시지;

나는 아침 일찍 서둘러 서너 시간 소비하며 점심 먹고 두어 시간 수다 떨고 오자고 가는 건 아닌데, 친구들 안부가 궁금하면 카톡이나 전화 통화로도 얼마든지 할 수 있건만 무슨 이유가 있는가! 친구들 얼굴 한번 보고 싶어서뿐인데, 우리가 사대육신 멀쩡하고 사람답게 살 수 있는 세월이 십년 이쪽저쪽인데 각자 건강에 따라 더 짧아질 수도 있건만 십년 세월이라 한들 일 년에 한 번 만나면 열 번이요 두 번 만나면 이십 번뿐인데 부모 자식을 죽인 원수 척진 것도 아니고 우리는 늙어가면서 왜 이리 무거운 짐을 지고 가려 하는지, 젊을 때는 대판 싸우고도 술 한잔에 화해도 잘하건만 친구들아 삶에 정답이 있는가. 이리 생각하면 이게 옳고 저리 생각하면 저게 옳고 만물에 이치가 큰 것은 작은 것을 품을 수 있으나 작은 것은 큰 것을 품을 수 없듯이 누구나 명경 앞에 자신을 비춰볼 때 어찌 흠이 없다 하겠는가. 자신이 흠결 없다면 그것이 바로 큰 흠결인 것을 남의 허물은 크게 보고 자신의 허물은 작

멈추지 않는 도전이 인생을 빛나게 한다!

다 하면 소인의 용량이요, 자신 허물을 크게 꾸짖고 엄하게 다스린다면 어찌 대인이라 하지 않겠는가. 우리는 객지에서 떠돌다 만난 친구도 아니고 길게는 선대와 할아버지 대를 거쳐 짧게는 부모 대에 한동네 이웃하며 칠십 평생을 같이 해온 진정한 죽마고우가 아닌가. 나는 올라오면서 많은 생각에 슬프기만 하네.

## 대표 기도

2024. 1. 15. 5:16

내가 대표 기도하는 날이면 아내는 늘 아슬아슬해 한다. 제발 통상적으로 하라고 사정도 하고, 교회에 같이 못 가겠다고 협박도 한다.

지난주, 영화 한 편을 봤습니다. 〈거미집〉이라는 영화입니다. 김 감독이 영화 속에서, 배우 호세에게 묻습니다. 거친 목소리로 화를 내며 꾸짖습니다.

오늘도 이렇게 다짜고짜 기도를 시작했으니 아내가 조마조마했을 텐데 별말이 없는 게, 용인이 아니라 포기했나 보다.

## Lip Service

2024. 1. 16. 5:59

서울 큰아들네 가는 아내 편에 빵을 만들어 보냈다.


## 나는 희망한다 내게 금지된 것을

2024. 1. 17. 6:03

서울 갔다 돌아오는 아내가 대전역에 도착하기를 사무실에서 두어 시간 대기하며 양귀자의 『희망』을 다 읽었다. 이루어질 수 없는 희망, 삐뚤어진 희망은 희망이 아니지만 희망봉이다. 말이 안 되는 표현이지만 이해되시기를 소망한다. 희희희. 나는 소망한다 내게 금지된 것을. 소망과 희망의 차이는 뭘까.


## 참새와 방앗간

2024. 1. 19. 5:06

내 가게로 11시에 오명이가 왔고 12시에는 갑봉이가 왔고 12시 반에 승헌이가 와서 점심을 넷이 같이 신미 식당에서 선지 해장

멈추지 않는 도전이 인생을 빛나게 한다!

국+막걸리를 먹었다. 갑봉이가 샀다. 저녁은 대체 박 사장과 역시 가게 근처 신미 식당에서 얼큰이 칼국수를 같이 먹었다. 박 사장이 냈다.

## 정향퇴화

2024. 1. 20. 6:38

총각회 모임, 6/12명 참석. 창용장영예근성용천균성태. 45년 된 직장 초년병 때 모임. 천년만년 모임을 기대하지만… 52년 된 한우물 동네 친구 모임, 이 둘이 실질적인 내 모임의 전부인데… 둘 다 비슷한 요인의 미세한 균열이 진행 중이다, 라 생각한다. 모든 것은 정해진 방향으로 흘러가고, 또 쇠한다. 인정하고 그렇지 않고의 문제가 아니다. 내가 써 놓고도 어렵다.

나는 이불 밖에 발을 내놓고 자고는 한다.

비가 오는 퇴근길에 한밭도서관에 들러 책 2권 반납하고 6권 빌렸다. 부러 그런 건 아닌데 소설 2권 시집 2권 산문집 2권이다.

## 하보미백일

2024. 1. 21. 3:21

사돈네와 뒷간은 멀어야 된다고? 아마도 10월 13일쯤 다시 사돈네를 만나겠지.

## 사람 냄새

2024. 1. 22. 6:52

우리도 너희와 같은 성정을 가진 사람이라(사도행전 14장)

나는 개신교도이지만, 영화 '두 교황'을 여러 번 봤고, 오늘은 '우리에겐 교황이 있다'를 봤다.

내 정수리를 나는 보지 못하고 남만 볼 수 있다.

## 너는 누구냐

2024. 1. 23. 4:34

멈추지 않는 도전이 인생을 빛나게 한다!

내 블로그 이웃이 444분이다. 내 블로그 이웃은 33분이다. 나를 까발리고 싶기도 하고, 나는 까발리는 척하며 꽁꽁 감추고 싶기도 하다.

김밥 옆구리 터지듯 터진 상품들, 내용에 관계없이 형식을 갖추지 못하면 곧 불량품이다.


## 天知地知我知子知

2024. 1. 24. 6:00

겨울은 겨울답게 추워야 한다. 오늘처럼 매우 추워야 한다. 내가 우드펠릿 장사라 그러는 것은 결단코 맹세코 절대로 아니다.


## 선지국 선지해장국 선짓국 선진국

2024. 1. 25. 6:28

아침은 선지국

점심은 선지해장국

저녁도 선짓국

점심은 가까운 식당이 신미식당, 선지해장국 단일 메뉴라 선택의 여지가 없고, 아침저녁은 장모님이 한솥 보내준 선지국인데, 아직도 많이 남아있어 선택의 여지가 부족하다. 먹어야 산(한)다.

## 社訓, 버티자

2024. 1. 26. 5:07

家訓 視遠惟明

私訓 carpe diem

## 忌日

2024. 1. 27. 5:51

모든 게 주님의 뜻이라고 말하고 또 믿지만 주님의 뜻을 모두 이해하기에는 연약한 우리로서 한계가 있음을 고백하지 않을 수 없습니다. 생사화복이 다 주님의 뜻이라고 하지만 마음으로 받아들이기 쉽지 않을 때도 있었습니다. 어설픈 위로는 위로가 되지

멈추지 않는 도전이 인생을 빛나게 한다!

않을 뿐 아니라 오히려 상처가 되기도 합니다. 저는 60년 전 엄마를 잃은 하나는 네 살 어리고, 하나는 갓난이었던 두 딸이 살아오면서의 아픔을 저는 잘 알지 못합니다. 그 두 딸이 겪었을 고통과 애로를 짐작조차 할 수 없습니다. 그 아픔과 외로움을 같이 나누지도 못했습니다. 오직 이해하고 나눌 수 있는 분은 오로지 주님뿐이오니 불쌍히 여기셔서 여기 두 딸을 위로하여 주시고 함께한 우리 가족들과 주님 곁으로 일찍 가신 장모님도 주님께서 따뜻하게 품어 주세요. 아멘.

## 타임 킬러들의 수다

2024. 1. 27. 21:02

오늘 영헌이가 11시에 가게에 와서 점심도 같이 먹고 5시까지 있다 갔다. 어제 오후에는 일주일에 한 번은 저녁을 같이 먹는 주명이 두어 시간 놀다 갔다. 무슨 대화를 한 건지 기억 안 해도 되는 그런 살벌하고 심각한 주제들.

## 여자는 교회에서 잠잠하라

2024. 1. 29. 4:39

아내의 주의사항(쓸데없는 소리 하지 마시오)을 어기고 쓸데없는 소리를 했다. 구역모임에서 고린도전서 14장을 인용해서 거꾸로 우리 장로교회도 여성 장로와 목사를 세워야 한다는 의견을 냈다. 거기까지만 해야 하는데 술과 담배도 풀어야 된다고 쓸데없는 소리를 했다. 듣고 있던 장로님이 한국기독교 전통과 술 담배로 인한 폐해를 생각해 보라 했다. 맞는 말씀이다. 그런데 술 담배를 허용하는 가톨릭이 문제가 적은 건 어쩐 일이냐며 슬며시 반격하며 일단 작전상 후퇴를 했다. 그래도 내 의견은 지구는 돈다는 것이다. 다행히 그 자리에 아내가 없었다.

## NON FICTION

2024. 1. 30. 5:51

덕성원
제주특별자치도 서귀포시 태평로401번길 4

소설은 허구다. 픽션이다. Fiction. 소설가는 거짓말쟁이다. 없는 일을, 없었던 일을 진짜처럼 만드는 거짓말쟁이다. 의무 없는 일을 한다. 의무 없는 일, 법정 드라마 용어다.

당연히 허구일 거라 생각하고 김연수의 소설 『사월의 미, 칠월의 솔』에 나오는 '정방동 136-2'를 검색해 보니 실제 지번이다. 소설에서처럼 양철 지붕인 것 같기도 하고. 그다음 쪽에 '덕성원이라는 중국집으로 걸어갔다' 해서 검색을 해봤더니 실제로 지금도 70년 되었다는 짬뽕을 잘한다는 중국집이 576m 걸어서 9분이다. 소설에도 짬뽕 얘기가 나온다. 연수 씨, 협찬받았나.


## Aging


2024. 1. 30. 23:07


동구 치매안심센터에 걸어서 다녀왔다. 가게에서 1.1km. 간단한 테스트를 해보고는 정상이란다. 왜 갑자기 검사는?

1. 태경이에게 '지난주 배달한 돈금정 결제 어떻게 했지?' 하고 메시지로 물으니 바로 전화가 와서는 "그때 바로 카드 결제 했다 말했잖아" 해서 장부를 확인해 보니 그렇다.

2. 커피를 마시려고 커피믹스 한 봉을 가져다 놓고 포트의 끓는 물을 가지러 가서 커피 한 봉을 또 들고 왔다.

3. 형제모임 통장정리를 하겠다고 문을 잠그고 은행 가려고 나서서 확인해 보니 통장을 안 가지고 나왔다.

내가 나를 믿을 수가 없어서 인터넷 간이 치매검사를 해보니 전문 검사기관에 가서 검사해 보란다. 그래서 간 거다.

아니라는데 아닌 것 같다. 자신감이 떨어진 게다. 그럴 때도 됐다.

## 썸

2024. 1. 31.

나는 고양이에게 밥과 물을 주지만 좋아하지는 않는다. 고양이도 나를 좋아하지 않는다. 고양이 눈이 가끔은 섬뜩하다. 창고에 죽은 큰 새 한 마리가 놓여있다. 고양이가 그랬을 것이다. 아마도. 왜 그랬는지 모른다. 오늘따라 가게에 상주하는 고양이 두 마리 다 보이지 않는다.

멈추지 않는 도전이 인생을 빛나게 한다!

5장

10
년
묶
음

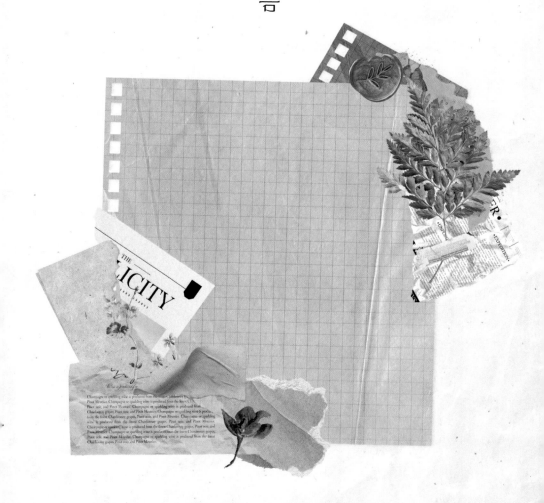

# 지난 10년간의 나: 도전과 성장의 기록

은퇴 후 10년, 나는 새로운 삶을 개척하는 여정을 걸어왔다. 안정적인 공직 생활을 마무리하고, 장사와 농사, 건강과 가족, 그리고 나 자신과의 싸움을 통해 한 걸음 더 성장하는 시간을 보냈다. 이 10년은 단순한 시간이 아니라, 나에게 있어 의미 있는 도전과 배움의 연속이었다.

## 은퇴와 새로운 출발

2015년, 나는 40년의 공직 생활을 마치고 퇴직했다. 은퇴는 끝이 아니라 새로운 시작이었다. 막연한 기대와 약간의 두려움을 안고 퇴직 후 목표를 세웠다.

**아침밥은 내가 해 먹자.** '삼식이'가 되지 않겠다고 다짐했다. 하지

멈추지 않는 도전이 인생을 빛나게 한다!

만 현실은 달랐다. 설거지를 제대로 못해 오히려 아내의 일이 늘어났다. 결국 지금은 아내가 준비한 밥을 먹는 것으로 합의를 보았다.

**책을 내자.** 2015년『작전명령 640』, 2021년『암중일기』를 출간하며 내 경험과 생각을 글로 남겼다.

**연금에 기대지 않고 살자.** 이를 실천하기 위해 우드펠릿 사업을 시작했다. 쉽지 않았지만, 끝까지 버텨낸 결과 어느 정도 자립적인 경제 구조를 갖출 수 있었다.


# 우드펠릿 사업: 낯선 길에서 배우다

처음 장사를 시작했을 때, 나는 완전히 초보였다. 공무원 출신이 장사하는 것은 쉽지 않다는 말이 많았지만, 나는 도전해보기로 했다.

**첫 거래의 감동**: 2015년 10월 17일, 온양 리버호텔 사장님께 10포를 판매하고 7만 원을 받았다. 적은 돈이지만, 직접 벌어들인 첫 수입이라 그 의미는 컸다.

**장사의 현실을 배우다**: 처음에는 플래카드를 붙이러 나갔다가 부끄러워 돌아왔다. 사업 제안을 했을 때 '당신이 내 부하가 아닌 게 천만다행'이라는 면박도 들었다. 하지만 세 번이나 찾아가 계약을 따냈고, 이후에는 거래처를 확장해 나갔다.

**법과 현실의 충돌**: 간이창고 설치 문제로 공사까지 중단하며 고민했다. 결국 편법이지만 불가피한 선택을 하게 되었고, 이는 공

직자 출신인 나에게 큰 갈등을 안겨주었다.

## 암 투병과 회복 그리고 삶의 의미

2018년, 위암 1기B 판정을 받고 서울대병원에서 위 전체를 절제하는 수술을 받았다.

**생사의 갈림길에서**: 위암 수술을 받고 나서야 비로소 건강의 소중함을 깨달았다. 가족들의 헌신적인 돌봄이 없었다면 지금의 나는 없었을 것이다.

**일기의 힘**: 투병 중 하루하루를 기록하며 내 삶을 되돌아보았고, 결국 이 기록이 『암중일기』로 출간되었다.

## 농사와 치유: 자연 속에서 삶을 배우다

**농사로 마음을 치유하다**: 암 투병 후 몸과 마음을 회복하기 위해 텃밭을 가꾸기 시작했다. 직접 씨를 뿌리고, 물을 주고, 작물이 자라는 과정을 지켜보며 삶의 소중함을 다시금 느꼈다.

**농업을 배우다**: 단순히 취미로 그치지 않고, 체계적으로 배우고 싶어 방송통신대학교 농학과에 입학했다. 학문적으로 농업을 공부하며 더 깊은 이해를 가지게 될 것이고, 작은 농사에도 과학과 경험이 함께해야 함을 깨달을 수 있었으면 좋겠다.

**자연과 함께하는 삶**: 농사는 경제적인 이익보다 정신적인 위안

이 더 컸다. 흙을 만지며 하루하루를 살아가는 것이 위암을 치료 중인 나에게는 더없이 소중한 과정이었다.

## 가족과 친구 그리고 관계의 의미

가족과 친구들은 나의 가장 큰 버팀목이었다.

**아내의 헌신**: 퇴직 후에도 나의 도전을 묵묵히 지켜봐 준 아내에게 감사하다. 나의 사업을 처음에는 반대했지만, 결국 가장 든든한 지원자가 되어주었다.

**친구의 조언**: 사업을 시작할 수 있도록 도와준 친구, 어려운 순간마다 용기를 준 친구들이 있었기에 지금의 내가 있다.

**가족과 함께한 시간**: 조카와 함께 일하는 동안 가족과 함께하는 일이 쉽지 않다는 것도 깨달았다. 서로 기대하는 바가 다르기에 생기는 갈등도 있었지만, 결국 서로에게 배운 것이 더 많았다.

**작별과 기억**: 인생은 예상치 못한 이별을 안겨준다. 너무도 소중했지만 더 이상 곁에 머물 수 없는 작은 손길을 떠올릴 때마다, 삶이 주는 무게와 사랑의 깊이를 다시금 깨닫게 된다.

## 앞으로의 10년을 바라보며

지금까지의 10년이 도전과 배움의 연속이었다면, 앞으로의 10년은 좀 더 나다운 삶을 찾는 시간이 될 것이다.

**건강을 우선으로**: 위암 수술 후 관리가 중요하다. 더 건강한 생활 습관을 만들고 유지할 것이다.

**더 많은 글쓰기**: 내 경험을 더 많은 사람들과 나누고 싶다. 책을 계속 써나갈 것이다.

**소박하지만 의미 있는 삶**: 사업이든 농사든 내가 하고 싶은 일들을 즐기면서 살아가겠다.

이 10년간 나는 끊임없이 도전하고 배우며 성장했다. 시행착오도 많았고, 후회도 있었지만, 결국 나는 내 삶을 개척해 나갔다. 앞으로도 나는 나만의 방식으로, 나다운 삶을 살아가려고 한다.

> 순순히 어두운 밤을 받아들이지 마오
> 노일들이여, 저무는 하루에 소리치고 저항하시오
> 분노하시고 분노하시오, 꺼져 가는 빛에 맞서서
>
> – Dylan Thomas(1914–1953), 「Do not gentle into that good night」

여든 살인 나는, 더 천천히 걷고, 더 느리게 움직이지만, 내 삶은 여전히 나만의 방식으로 흘러간다.

장사는 우드펠릿에서 가벼운 아이템으로 바꿔, 내가 즐길 수 있는 일을 하고 있다. 내가 만든 수제 빵이나 잼 같은 것들을 팔며, 찾아오는 단골들과 짧은 대화를 나누고 있다. 빵 냄새가 가득한 가게에서 손님들의 따뜻한 인사를 받으며 나는 하루를 채운다.

텃밭에서는 여전히 소박한 농사를 짓고 있다. 상추와 고구마, 감자 같은 작물을 키우며 흙과 가까이 지내는 일은 나에게 마음의 평안을 준다. 수확은 많지 않지만, 한 알의 씨앗이 싹을 틔우는 모습을 보며 삶의 단순한 기쁨을 느낀다.

아내는 76세가 되어 여전히 꼼꼼하게 우리 집을 돌보고 있다.

나는 그 옆에서 어지럽히고, 아내는 그걸 다시 정리하며 잔소리를 한다. 그러나 그 잔소리 속에는 여전히 우리만의 익숙한 사랑이 담겨 있다. 저녁이면 아내와 함께 동네를 산책하며, 지나온 시간과 앞으로의 시간을 이야기한다.

"우리 참 오래 살았다."
"그럼, 앞으로 더 잘 살아보자."

아들들은 50대가 다 되어 여전히 바쁘게 지낸다. 하지만 가끔씩 시간을 내어 나를 찾아와 일상을 나누고, 내가 만든 빵을 먹으며 웃는다.

"아버지, 요즘도 텃밭에서 뭐 키우세요?"
"너희 어릴 때 키우던 고구마가 올해도 잘 나왔더라. 가져가서 아이들 줘라."

그들과의 대화는 나에게 여전히 큰 위로와 즐거움이 된다.

손주들은 각각 13살, 10살, 8살, 그리고 6살이 되어 있다. 손주들과의 시간은 소소하지만 특별한 순간이 된다. 아이들이 찾아오면 내가 만든 잼과 빵을 나누며 그들의 이야기를 듣는다. 하지만 나는 그 시간에 얽매이지 않고, 내 일상을 천천히 이어간다.

80세의 나는 지금의 나처럼, 삶의 작은 조각들을 기록하며 하루

멈추지 않는 도전이 인생을 빛나게 한다!

하루를 보낸다. 작은 노트에 적힌 글들을 읽으며 지난 시간을 되새기고, 미래를 꿈꾼다. 나는 이렇게 나에게 말한다.

"지금도 충분히 잘 살고 있어, 그리고 앞으로도 그럴 거야."

80세의 나는 더 많은 것을 내려놓고, 더 단순하게, 그러나 더 깊이 있는 하루를 살아가고 있다.

## AI, 칠순의 작가와 만나다: 새로운 창조의 경험

저는 올해 일흔 살입니다. 흔히들 나이가 들면 보수적으로 변하고, 새로운 것을 받아들이는 일이 어려워진다고들 말합니다. 저 또한 젊은 날보다 변화에 익숙하지 않은 제 모습을 발견할 때가 있습니다. 하지만 저는 믿습니다. 새로운 것은 젊은 이들만의 전유물이 아니며, 나이가 들어도 우리는 여전히 배울 수 있고, 변할 수 있습니다.

아프리카 초원에서 살아가는 마사이 족을 아시나요? 그들은 목축을 하며 전통적인 생활 방식을 유지하지만, 귓불을 뚫고 휴대전화를 사용하는 모습에서 현대와 조화를 이루고 있습니다. 이 모습을 보며 저는 깊은 깨달음을 얻었습니다. 늙어서 변화하지 않는 것이 아니라, 변화하지 못하기 때문에 늙는 것입니다.

## 변화는 강함을 만든다

제가 AI와 협업해 책을 쓴 것은 변화에 대한 저의 작은 실험이자 도전이었습니다. 새로운 기술과의 협업은 제게 결코 익숙하지 않았습니다. 종종 혼란스럽고, 때로는 '왜 이렇게까지 해야 하지?'라는 회의감에 빠지기도 했습니다. 하지만 그런 과정을 거치며 저는 깨달았습니다. 변화는 우리를 새롭게 하고, 살아있음을 느끼게 한다는 것입니다.

'강한 것이 살아남는 것이 아니라, 변화에 적응한 것이 살아남는다'고 했습니다. 이것은 자연뿐만 아니라 우리의 삶에도 그대로 적용됩니다. 우리는 변화하지 않으면 정체되고, 결국 도태됩니다. 반면 변화에 적응하며 새로운 것을 받아들일 때, 우리의 삶은 더 풍요로워집니다.

## 변화를 통해 배우다

AI와의 협업은 단순히 기술을 사용하는 것이 아니라, 새로운 방식으로 생각하고 창작하는 법을 배우는 과정이었습니다. 제가 일흔의 나이에 새로운 도전에 나설 수 있었던 것은, 변화가 두렵지 않았기 때문이 아니라, 그 두려움 속에서도 앞으로 나아가고자 했기 때문입니다.

젊음과 나이는 숫자에 불과하다는 말을 믿습니다. 믿고 싶습니다. 새로운 것을 배우고 변화할 수 있는 용기야말로 진정한 젊음의 증거입니다. 그래서 저는 이 책을 통해 단순히 제 이야기를 나누는 것을 넘어, 변화와 적응의 가치를 증명하고 싶었습니다.

## 변화는 나이와 무관하다

새로운 도전은 젊은이들만의 특권이 아닙니다. 그것은 우리가 얼마나 나이가 들었는가와 상관없이 스스로에게 허락해야 하는 일입니다. 우리는 변화할 때 더 나은 자신이 될 수 있습니다. 변화는 두렵고 낯설 수 있지만, 그 안에는 새로운 가능성과 배움이 숨어 있습니다.

## 살아 있는 한, 변화를 멈추지 않는다

마사이족이 초원에서 휴대전화를 들고 목축을 하듯이, 저는 AI와 협업하며 글을 쓰는 도전에 나섰습니다. 이 과정은 쉽지 않았지만, 그것이야말로 살아있음의 증거였습니다. 변화는 우리를 새롭게 하고, 우리 삶의 의미를 재발견하게 만듭니다.

이 책을 읽는 여러분께서도 스스로에게 묻기를 바랍니다. "나는 마지막으로 무엇을 배웠는가?", "변화와 새로운 것에 대한 두려움

멈추지 않는 도전이 인생을 빛나게 한다!

을 극복한 적이 있는가?" 살아있는 한 우리는 언제나 배울 수 있고, 변화할 수 있습니다.

## 마지막으로

저는 여전히 변화가 두렵습니다. 하지만 두려움 속에서도 새로운 도전을 선택한 제 자신이 자랑스럽습니다. 그리고 이 책이 독자 여러분께 변화와 적응이 주는 기쁨과 가능성을 전달할 수 있기를 바랍니다.

늙어서 변화하지 않는 것이 아니라, 변화하지 못하기 때문에 늙는 것입니다. 변화는 삶의 조건이며, 살아남는 이들이 강한 것입니다. 그러니 우리 모두 스스로에게 허락합시다. 새로운 것을 배우고, 변화하며, 살아 있는 것을 느끼는 시간을.

후기

60세 퇴직 후 창업 특히 장사를 하겠다면 적극 말리겠다. 특히 월급쟁이였다면 거기에다 공무원이었다면 더더욱 그렇다. 내가 위의 조건을 갖췄음에도 10년 동안 망하지 않은 것은 내 능력이 아니라 운이었고 주변인의 도움 덕분이었고 나는 스트레스에 건강을 일부 잃었다. 잃었다고 생각한다.

AI를 이용해서 글을 쓰겠다면 이것 역시 말리겠다. 적극 말리겠다. 나는 생각하기를 몇 가지 주제나 제재를 툭 던지면 AI가 알아서 척척 써 주려니 했다. 글쎄 미래에는 모르겠지만 지금은 아닌 것 같다. 내 글은 내 맛을 잃었고 거기에다가 직접 쓰는 게 나을 정도로 노력과 시간이 필요했다.

5년 농사꾼 주제에, 겨우 국유지 임대해서 허접한 농사를 짓는 꼴에 감히 농사를 주말농장을 귀농 귀촌을 말함은 건방지다. 나는 퇴직하기 전, 적어도 3군데에서 교육을 받고 지레 겁을 먹고 포기했었다. 그런데 직접 해보니 장사나 글쓰기보다 농사가 훨씬 좋다. 좋은 것 같다. 현재는.

올해 방송통신대학교 농학과를 입학했다. 기대 반 걱정 반인데 내 일인데 내일은 나 자신도 모른다. 반과 반을 더하면 온전한 하나가 되고 반에서 반을 빼면 온전히 영이 된다. 하나도 영도 나는 괜찮다. 절반도, 하나도, 영도 나름 그것의 존재 이유이기 때문이다. 있을 것 같기 때문이다.

나는 살아있다. 고로 존재한다.

## ChatGPT

### 살아있기에, 오늘도 간다

60세 퇴직 후 창업, 특히 장사를 하겠다면 말린다. 적극 말린다. 월급쟁이였다면, 특히 공무원이었다면 더더욱 그렇다. 나는 그 조건을 모두 갖췄음에도 10년 동안 망하지 않았다. 하지만 그것은 내 능력이 아니라 운이었고, 주변인의 도움 덕분이었으며, 나는 스트레스와 함께 건강의 일부를 잃었다. 잃었다고 생각한다.

AI로 글을 쓰겠다면, 이것 역시 말린다. 적극 말린다. 몇 가지 주제나 제재를 던지면 AI가 척척 써줄 줄 알았다. 글쎄, 미래에는 모르겠지만 지금은 아닌 것 같다. 내 글은 내 맛을 잃었고, 직접 쓰는 것보다 더 많은 노력과 시간이 필요했다. AI는 도구일 뿐, 대신 살아주지는 못한다.

농사는 다를 줄 알았다. 하지만 5년 농사꾼 주제에, 국유지 임대해서 허접한 농사를 짓는 꼴에 귀농이나 귀촌을 논하는 건 건방지다. 퇴직 전, 적어도 세 군데에서 귀농 교육을 받았고, 그때마다 지레 겁을 먹고 포기했었다. 그런데 직접 해보니, 장사나 글쓰기보다 농사가 훨씬 좋았다. 좋은 것 같다. 현재는.

그래서 올해 방송대 농학과에 입학한다. 기대 반, 걱정 반. 하지만 내일은 내 일이라도 내일의 나는 알 수 없다. 반과 반을 더하면 온전한 하나가 되고, 반에서 반을 빼면 온전히 영이 된다. 하나도, 영도, 나는 괜찮다. 절반도, 하나도, 영도, 나름 존재 이유가 있기 때문이다.

살아있으므로 존재한다. 존재하기에 오늘도 간다.

멈추지 않는 도전이 인생을 빛나게 한다!